Nadia Morbelli

Amin, che è volato giù di sotto

GIUNTI

Progetto grafico di collana: Yoshihito Furuya
Progetto grafico di copertina: Adria Villa

www.giunti.it

Via Bolognese 165 – 50139 Firenze – Italia
Piazza Virgilio 4 – 20123 Milano – Italia
Prima edizione: giugno 2013

Ristampa	Anno
6 5 4 3 2 1	2018 2017 2016 2015

Tutte le cose, tutti gli oggetti, hanno una storia da raccontare, talvolta insignificante talvolta buffa, magari frivola, oppure tragica: basta solo tendere bene l'orecchio, e saperla ascoltare.

Prologo

Guardavo desolata gli stivali messi ad asciugare vicino al termosifone dell'ufficio, un robone di ghisa anni Venti con tanto di zampette artigliate. Andare a comprare le acciughe in via Gramsci durante la pausa caffè sotto una pioggia battente non era stata una buona idea. Tanto più che un'ora dopo era venuto fuori il sole, anche se palliduccio e incerto. Perfino l'arcobaleno era uscito, facendo capolino verso le undici dal finestrone davanti alla mia scrivania, accampato di traverso sul cielo ancora scuro di nubi fra il palazzo di fronte e i pini marittimi di Villetta Dinegro. Alla fine mi ero decisa a infilarli, gli stivali, cercando di ignorare quella spiacevole sensazione di umidiccio che emanava il camoscio ancora tiepido. Un tacco era partito. Pazienza… Il silenzio era quasi totale, interrotto a tratti dallo sbuffare scocciato del mio capo che, chiuso nella propria stanza, era evidentemente alle prese con qualche rogna colossale. Del resto, per lui, erano tutte rogne colossali.

Le otto passate. Avevo messo su il cappotto e mi ero avvoltolata la sciarpa attorno al collo.

– Io vado! Ci pensi tu a chiudere?

Domanda retorica: a parte il fatto che non c'era nessun altro, a chiudere ci pensava lui tutte le sacrosante sere, e difficilmente lo faceva prima delle nove. Dalla porta a vetri illuminata si era levato una sorta di grugnito:

– Vai già via?

L'impudenza della domanda valeva bene i quattro o cinque passi che mi separavano dal suo studio. Avevo socchiuso la porta e mi ero affacciata in quello spiraglio:

– Gian Paolo! Sono le otto e un quarto! La Mariella non ti mazzia mai, che torni sempre a casa a delle ore allucinanti? Io ti avrei già ucciso da un pezzo...

– La Mariella è a Laigueglia.

– Con questo freddo?

– Stanno facendo dei lavori nel condominio. Mettono le impalcature per dipingere la facciata e Mariella vuole controllare di persona che non facciano danni alla buganvillea sul terrazzo. Sai che è maniaca delle piante, no?

La Mariella a Laigueglia, per Gian Paolo, equivaleva a un «liberi tutti»: sicuramente non si sarebbe schiodato dalla scrivania prima delle dieci. Anche ora che l'Althea pubblica quasi cento titoli l'anno, continua imperterrito a rivedere a una a una le ultime bozze corrette prima di andare in stampa, nel caso fosse sfuggito a qualcuno un errore. E questo fa di lui un buon editore.

– Va', va'. A domani!

– A domani!

Mi ero infilata i mezzi guanti per le scale che avevo fatto quasi di corsa. Era proprio tardi. Più tardi del solito. Naturalmente, a quell'ora il portone grande era già chiuso: la luce spenta della guardiola lasciava intendere che il portinaio era già da un pezzo alle prese con un bel piatto di pasta fumante, il cui profumo aleggiava nel grande androne deserto. Avevo tirato con forza il portello ricavato nell'anta di legno rinforzata da borchie, pesante come una madonna e con una molla da fare invidia a una tagliola per orsi. Prima o poi, ne ero sicura, ci avrei lasciato dentro una caviglia. Stando attenta a non inciampare nello zoccolo, ero uscita nell'aria gelida di una notte limpida e chiara. Almeno per essere gennaio. Avevo imboccato con passo lesto il carrugio in discesa che mi avrebbe portato a Caricamento, dove spesso prendo l'autobus. Avevo fatto poco più di duecento metri quando per terra, nella luce fioca di uno dei radi lampioni che cercavano invano di rischiarare quel vicolo angusto, avevo intravisto un qualcosa che lo ingombrava, messo per traverso.

«Porca di quella mmm...: un sacco di *rumenta*... attorno pullulerà di pantegane!»

Indecisa se proseguire e scavalcarlo, oppure fare marcia indietro e andare alla fermata della Nunziata, alla fine aveva prevalso la stanchezza e la voglia di arrivare al più presto a casa, al caldo. Mi ero avvicinata un poco di più, circospetta, e mi ero accorta che quello che mi sbarrava la strada non era un grosso sacco della spazzatura ma qualcosa di meno informe e insieme di più familiare. Forse un uomo. Sì, un uomo che dormiva appoggiato su un fianco, la testa nell'incavo dell'ascella di un braccio alzato dietro la nuca, con l'altro proteso in avanti, l'avambraccio piegato all'altezza del volto. Le gambe erano rannicchiate. Calcato sul capo aveva un berretto di lana, e addosso un maglione pesante, a coste grosse, sopra a un paio di jeans.

«Ecco: sicuramente un tossico... Certo che dev'essere ben strafatto se non si accorge nemmeno di questo freddo porco... Strano, ormai se ne vedono pochi conciati così...».

Stavo per battere in ritirata quando avevo buttato l'occhio su qualcosa di lucido e scuro che macchiava il selciato proprio davanti alla sua faccia. Fatto un passo avanti, uno solo, mi ero protesa per vedere cos'era:

«Sangue? Cazzo! Ma non sarà mica morto?».

Non avevo fatto a tempo a formulare quest'abbozzo di pensiero e mi ero ritrovata come d'incanto a pigiare come una forsennata sul pulsante del citofono della casa editrice. Urlavo.

– Gian Paolo! Gian Paolo! Vieni giù! Subito! Subito!

Ovviamente doveva avermi risposto qualcosa, ma non ci avevo fatto caso… Sentivo soltanto la mia voce isterica che gridava:

– Presto! Fa' presto! Vieni giù!

Ero ancora lì che sbraitavo attaccata al citofono quando Gian Paolo aveva spalancato il portello, con la faccia spaventata. Non aveva messo nemmeno il giaccone.

– Un morto! C'è un morto per terra!

Aveva strabuzzato gli occhi:

– Un morto? Dove?

L'avevo trascinato per il braccio verso quel fagotto ammucchiato a metà della *crosa*.

– Ma sei sicura che è morto?

No, non ne ero sicura.

– A me sembra di sì… Non lo vedi il sangue? – avevo balbettato.

– Chiamo il 113!

Tempo cinque minuti e avevamo sentito l'ululato di una sirena rimbombare fra i palazzi della strada di sopra. Poi, all'imbocco del vicolo era baluginata la luce azzurrognola e intermittente di una volante: in un lampo due poliziotti ci avevano raggiunti di corsa. Di lì in poi i miei ricordi si fanno vaghi, discontinui: i celerini chinati sul corpo di quel disgraziato… Gian Paolo che intirizzisce nella giacca di tweed… la voce roca e metallica che esce dalla ricetrasmittente… un mezzo lenzuolo bianco uscito chissà da dove buttato sul cadavere… io che rispondo non so cosa a un bel giovanotto in divisa… i suoi occhi di un celeste chiarissimo…

Uno

Stranamente, quella notte avevo dormito come un sasso. Un sonno profondo, senza sogni, come di piombo. Poi la sveglia mi aveva destata di soprassalto, cosa che mi accade di rado. La sera precedente Gian Paolo aveva insistito per accompagnarmi a casa in macchina: prima avevamo stazionato per un po' nei pressi di quel corpo pietosamente coperto, ma solo per metà, dal telo che doveva sottrarlo a sguardi indiscreti, quindi i poliziotti ci avevano spediti via, senza chiederci nulla se non le cosiddette "generalità". Però si erano fatti lasciare i nostri numeri di telefono, e ci avevano invitati a passare l'indomani in Questura.

Ci voleva proprio un caffè! L'avevo messo su e subito avevo cominciato a rassettare tutto quel gran casino che avevo lasciato in giro la sera prima: vestiti sul divano, stivali nell'ingresso, la borsa appesa alla maniglia della stanza, il cellulare chissà dove. Il borbottio della caffettiera mi aveva interrotto a mezzo, proprio quando mi ero messa a rifare il letto. Che sarebbe rimasto tale e quale fino al mio ritorno dal lavoro, visto che si era fatto tardissimo. Come sempre, del resto. Mi ero riempita la tazzina e avevo cominciato a sorseggiarne piano il contenuto bollente vicino alla finestra, sbirciando fuori fra le tendine di poco scostate: nuvoloni gonfi di pioggia si accavallavano scuri e veloci sulla linea plumbea tracciata dal mare all'orizzonte. Ingollato l'ultimo sorso avevo posato la chicchera nel lavello, e in fretta e furia ero uscita di casa, pregando dentro di me di non avere già perso l'autobus delle otto e quaranta.

Quando ero arrivata in ufficio, ancora frastornata, Gian Paolo era già lì che fumava. Da buon nevrotico aveva chiamato in Centrale per sapere dove e quando ci saremmo dovuti presentare, così non avremmo rischiato di perdere tempo o, peggio, di fare il viaggio a vuoto. Bisognava essere là per le undici. Evidentemente il caso non era ritenuto urgente. Ne avevo approfittato per dare un *chiamo* ai miei:

– Ciao, ma'! Sapessi cosa mi è capitato ieri!

– La Luisa si è rotta un braccio... era in veranda che dava da bere alle piante e si è inciampata nella gatta. Anche lei, che mania di tenersi quella bestia mezza rinscemelita... Così papà l'ha dovuta portare al pronto soccorso, per giunta c'era una nebbia che non si vedeva da qui a lì. E c'è stato pure un mucchio, non tornavano più... Abbiamo mangiato che erano le nove passate!

Il che, per mia madre, era un'autentica eresia, quasi un peccato contro natura. Aveva continuato a sproloquiare sull'*affaire* Luisa per cinque minuti abbondanti, entrando nei più minuti particolari in merito alla perizia di medici e infermieri e sull'opportunità o meno di mettere il gesso, ora che, mi assicurava, esistevano bendaggi ben più pratici ed efficaci. Lo avevano fatto vedere in tv. Avevo approfittato di una impercettibile pausa e mi ero intromessa:

– Ieri sera, uscendo da qui, nel vicolo c'era un ragazzo morto.

– Un morto? E come fai a saperlo?

– Veramente, che fosse morto io l'ho soltanto supposto: sono stati i poliziotti ad accertarlo...

– Meno male che c'era la polizia!

– Ma'! L'ho chiamata io la polizia!

– Ossignore! Eri da sola? Che ora era? Come mai eri da sola? Anche tu, a far sempre così tardi... Certo che se invece di lavorare in quel posto schifoso nei vicoli fossi andata a insegnare a scuola come tutte le altre, a quell'ora eri già hai voglia che a casa!

– Non te l'ho neppure detto che ora era... Comunque non era tardi – bugia – e non ero da sola, son venuta via assieme al capo – altra bugia – ma non preoccuparti, la volante è arrivata quasi subito.

– Era un drogato?

– Mah, non si sa, non l'hanno detto... Tra l'altro sul giornale ci sono appena poche righe. Solo un trafiletto nella cronaca di Genova.

Gian Paolo mi era passato davanti picchiettando con l'indice sul quadrante dell'orologio da polso: era ora di andare. Avevo salutato in fretta mamma ed ero corsa a mettermi il cappotto.

In Questura era stata veramente questione di poco: un'oretta scarsa ed eravamo già fuori. Gian Paolo era tornato subito in ufficio, io invece mi ero diretta lemme lemme verso un baretto di via Cairoli dove c'eravamo date appuntamento con Carla, per pranzare assieme. Strano a dirsi, il capo non aveva neppure mugugnato.

Mi ero seduta ad aspettarla a un tavolino praticamente in vetrina, così potevo ingannare il tempo sbirciando i passanti che, infreddoliti, screziavano le auguste facciate seicentesche con i più o meno vivaci colori dei loro cappotti, dei loro piumini, delle loro sciarpe: un arcobaleno motile e irrequieto reso vivido dai raggi di sole che a intermittenza facevano capolino dalle nuvole cariche di pioggia. Una mezz'oretta dopo, Carla, tutta trafelata, era entrata con un sacchetto di libri, disinnescando finalmente il cameriere che a cadenza di tre-quattro minuti si ostinava a venirmi a chiedere cosa volessi ordinare. Aveva di nuovo cambiato tinta e pettinatura: sfoggiava un bel caschetto biondo cenere che si intonava benissimo a un cappottino turchese certamente nuovo di pacca. Si era seduta sfilandosi i guanti di pelle che aveva appoggiato sulla sedia vicina, assieme alla borsa e alla sciarpina costellata di strass variopinti. Ora le era presa la fissa degli smalti per unghie, che sceglieva delle tinte più strane e variava in continuazione: ne aveva giusto su uno azzurro metalizzato che avrebbe fatto invidia perfino a una rockstar, per giunta extraterrestre.

– Che mattinata spaventosa!

– Ma com'è che ti è venuto in mente di iscriverti di nuovo all'università?

– È che inizio a non poterne più della scuola... Sempre più burocrazia e programmi ridotti al lumicino. La nuova preside, poi, è una vera carogna: riunioni a non finire e papelli su papelli da compilare. Insomma, la specialistica in Letterature comparate è una boccata d'ossigeno!

– Indovina da dove vengo?

– Da dove?

– Dalla Questura...

– E che ci sei andata a fare?

– Ieri sera ho trovato un morto per strada...

– Mi prendi in giro?

– No, no! Ti giuro! Era un ragazzo di colore. Steso per terra in mezzo al vicolo. Non ti dico la paura...

– Certo che tu con i morti ammazzati hai un bel feeling... Sarà mica che porti sfiga? Già che ti vesti sempre di nero...

– Sembra che questa volta non si tratti di un morto ammazzato. A quanto pare si è buttato dalla finestra.

– Tossico?

– Boh? Forse ubriaco. I questurini sono rimasti sul vago. Hanno però tenuto a precisare che era clandestino. Dicevano nigeriano, penso perché era nero come il carbone, ma dovevano ancora fare gli accertamenti del caso.

Avevamo ordinato due insalate miste. Erano arrivati due ciotoloni ricolmi di tutto tranne che di insalata: mais, cuori di palma, rape rosse, cetrioli sottaceto, gamberetti precotti e nocciole tritate. Sul fondo, qualche rara foglia di songino, senz'altro quello impacchettato nelle buste di cellophane, già lavato e pronto all'uso, pochi fili di radicchio rosso e quattro spicchi di pomodoro dalla consistenza poco meno che marmorea. Ci avevano chiesto se volevamo dell'aceto balsamico, ovviamente un'orripilante imitazione: avevamo rifiutato all'unisono. Il vermentino, almeno, era decente.

– A proposito di Questura, l'hai poi più rivisto il bel celerino?

– Chi?

– Ma Prini, no? Quello che ti si filava quando eri alle prese con la Marinin morta ammazzata.

– Diciamo che "bello" è una parola grossa… Comunque sì, l'ho intravisto un annetto fa mentre usciva da un cine assieme a una bionda slavata.

A dire il vero l'avevo incontrato anche un'altra volta: c'ero letteralmente sbattuta contro alla Feltrinelli mentre mi dirigevo alla cassa sfogliando il libro che stavo per acquistare. Non era cambiato un granché: sempre elegantissimo nella sua grisaglia d'ordinanza, taglio impeccabile e tessuti di pregio. E sempre decisamente sovrappeso. Aveva comperato un paio di romanzi di Vargas Llosa che mi aveva mostrato tutto gongolante, magnificandone la sottile ironia e lo stile quasi cinematografico, Poi mi aveva proposto un aperitivo, col solito fare galante un tantinello retrò. Così ci eravamo diretti al *Caffè degli Specchi* chiacchierando di pure banalità. Non era affatto imbarazzato, anzi: mi aveva perfino proposto una cena assieme alla biondina, che nel frattempo era diventata la sua convivente. La tipa aveva pure un figlio, che però passava molto tempo assieme al padre, un designer di Rapallo. Obbiettivamente era stato fortunato a non doversi accollare il bambino in pianta stabile. Glielo avevo detto, fra il serio e il faceto, e lui aveva riso, *ahhrr ahrr*, come un tempo, ma con un velo di tristezza negli occhi. Alla fine gli aperitivi erano diventati due, e salutandoci ci eravamo ripromessi di trovare un'occasione per rivederci. Cosa che non avevo nessuna intenzione di fare, visto quell'aborto di flirt che c'era stato tra noi.

– Vi siete divertiti a Istanbul, per Capodanno?

– Da matti: la settimana purtroppo è passata in un lampo. Però faceva freddo anche là… Valerio è ancora da me: in azienda stanno terminando il progetto per la Danimarca. Resta fino alla settimana prossima… Adesso è due giorni dai suoi, a Chiavari.

– Ci sei andata a trovarli, quest'anno?

– Giusto per Natale. Ma non mi sono fermata. Quella *peppia* di sua sorella non la sopporto proprio. Io non sopporto lei, lei non sopporta me: inutile stare a farci del male a vicenda. Anche se a lei piacerebbe…

– In effetti è proprio un peccato, ti pare? Che non andiate d'accordo.

– Cosa vuoi che ti dica… Io ci ho anche provato, ma niente! Se rido è perché sono un'oca, se non rido dice che ho il muso. Se son vestita bene me la tiro, se son vestita male vuol dire che di loro me ne frego. Una rottura che non ti dico!

– Ma perché fa così?

– Perché è viziata! Per via che sua madre quand'era piccola è stata tanto malata, esaurimento nervoso, e l'hanno allevata i nonni. È abituata a essere sempre al centro dell'attenzione. Poi è il rapporto con Valerio che non va. Non va proprio: lo tratta come se fosse il suo fidanzato. Non a caso non riesce a tenersi un uomo che sia uno. E lui è tanto scemo da darle corda. Per quieto vivere, dice… D'altra parte ci sono dieci anni di differenza. Sente un po' il peso della responsabilità, specie da quando i suoi son diventati anziani. Così gliele dà tutte vinte. Mah!

– Non sei contenta di averlo un po' a casa?

– Sì... No... Non saprei... Sono tanto abituata a vivere da sola che gestire due persone mi crea qualche problema: e lava, e stira, e prepara la cena... Io alla sera mi faccio un'insalata o due verdure al vapore, mi apro una scatoletta di tonno e ce n'è d'avanzo. Con lui è diverso... Poi è talmente ordinato: mi mette l'ansia... Comunque sì, sono contenta...

– Contenta che sia da te o che se ne parta alla fine del mese?

Due

Lungo il tragitto verso la facoltà di Architettura mi ero fermata dal pescivendolo di Canneto il Lungo a comprare due orate per la cena. Lui giurava e spergiurava che erano nostrane, non d'allevamento: per quello costavano così care… Le volevo fare al cartoccio, così avevo preso anche un po' di minutaglia per completarle *comme il faut*: gamberetti, seppioline, cozze e calamari. Era uscito un conto spaventoso! Pagando, lo avevo pregato di conservarmi il sacchetto fino al mio ritorno: non faceva bello presentarsi all'ordinario di Urbanistica con in mano un cartoccio puzzolente di pesce.

Il professor Petracci era un luminare di fama internazionale, sempre a zonzo per il mondo a tener lezioni e conferenze, corteggiatissimo dagli atenei di mezza Europa: non riuscivo ancora a capacitarmi del perché avesse deciso di pubblicare un saggio da noi, lui che aveva le porte aperte, anzi, spalancate, nelle case editrici più prestigiose d'Italia. E per giunta non era nemmeno un manuale, di quelli da affibbiare agli studenti per il corso: era un libro vero e proprio, dedicato alle trasformazioni che il centro storico genovese aveva subito nel corso del secondo dopoguerra. Il che faceva paventare a Gian Paolo un fiasco editoriale: i testi adottati magari non garantiscono la gloria, ma certamente introiti sicuri. Per stornare questo rischio Gian Paolo aveva chiesto e ottenuto, almeno mi era parso di capire, un contributo da parte della facoltà. Che Petracci pubblicasse da Althea già mi sembrava incredibile, ma che pure pagasse per farlo era veramente sbalorditivo!

Stranamente ero arrivata in grande anticipo, così avevo approfittato per passare da Caterina, compagna di studi ai tempi dell'università e ora bibliotecaria al dipartimento di Scienze della pianificazione territoriale: uno di quei bei lavori tranquilli che piacciono tanto a mia madre. La sala di lettura era semivuota: uno studente con fare zelante consultava il catalogo in rete appuntandosi le collocazioni dei libri su un taccuino vergato con scrittura microscopica, due giovanotti annoiati, senz'altro fuori corso, chiacchieravano fitto a dispetto della pila di appunti che avevano di fronte, un tipetto brufoloso e bruttacchiotto cercava di concentrarsi su un opuscolo di fotocopie sbiadite, tre o quattro ragazze stavano consolando un'amica in lacrime, il volto nascosto fra le braccia conserte sulla scrivania e la folta capigliatura riccia sparsa sui quaderni aperti: evidentemente un esame dall'esito disastroso.

Avevo superato indenne l'addetto alla sorveglianza, tutto intento a leggersi le ultime notizie del calciomercato *online*, e mi ero infilata nell'ufficio di Caterina.

– Devo vedere Petracci alle cinque: avevo un po' di tempo e ho pensato di venirti a salutare.

Si era tolta gli occhialetti rettangolari di un bell'azzurro brillante e li aveva posati sulla scrivania, stropicciandosi gli occhioni scuri solcati da due profonde occhiaie. Poi si era sciolta il *muccio* tenuto insieme da un grosso spillone con capocchia Swarovski, lasciando cadere sulle spalle la lunga chioma castana, scomposta e arruffata.

– Guarda, ho giusto finito di catalogare gli ultimi acquisti. Tutto bene?

– Insomma... c'è 'sto volume che mi stressa... è la terza volta che vengo e ne esce sempre una nuova... Ma Petracci il culo non lo muove mai? Ce l'ha inchiavardato alla poltrona dello studio?

– Con quello che ci ha messo per averla, la poltrona, non mi stupirei...

– Questa volta è per via dei grafici: non ne posso più!

– Allora ti affibbia di sicuro a Mazzotta: è lui che si occupa di robe simili.

– Il suo assistente, immagino…

– Uno dei suoi tre ricercatori: sei fortunata, è l'unico simpatico! Valerio è ancora qui o è già partito?

– È ancora qui, è ancora qui… Sto diventando l'angelo del focolare. La massaia perfetta. Con la mia brava montagna di camicie da stirare.

– Benvenuta nel mondo reale!

Avevamo ciarlato un po' delle solite cose, famiglia, marito, lavoro… Poi mi aveva accompagnata all'ascensore: la giovane riccioluta nella sala lettura continuava a piangere sommessa, ma ora era in piedi nel vano della finestra. Le sue consolatrici l'attorniavano premurose, cingendole le spalle con le braccia e carezzandole con fare compassionevole i capelli di un nero lucente. Anche lei era nera, e bellissima.

– Quante storie per un esame!

– Veramente gli esami non sono ancora cominciati… Comunque non è dei nostri. È la prima volta che la vedo in biblioteca. Le altre sì: quella con la coda, Tissam, è di Casablanca, e dovrebbe laurearsi quest'anno. Sta preparando la tesi: è qui tutti i giorni. Marina e Silvia sono pure loro "fuori sede": vengono da San Remo.

Un rapido saluto e mi ero diretta dal professore, che mi attendeva sulla porta dello studio in compagnia di uno spilungone occhialuto, quasi certamente il buon Mazzotta. Petracci era appoggiato allo stipite della porta, una mano in tasca, l'altra dietro il collo, nell'atto di grattarsi la nuca. Ma non era che proprio se la grattasse: piuttosto se l'accarezzava, con fare pigro e rilassato. Era brizzolato, appena superata la cinquantina, molto elegante in un abito spezzato dai toni caldi, con una dominante verde-sottobosco. La giacca, occhio di pernice, era tenuta aperta su una camicia giallina, senza cravatta. Appena mi aveva scorto uscire dall'ascensore si era affrettato a congedare il suo interlocutore, per accogliermi in uno studiolo stracolmo di libri e fogli accatastati per ogni dove. Mi aveva fatto accomodare, quindi, con modi fra il paterno e il galante, si era prodigato a spiegare quali e quanti fossero i problemi che si annidavano nell'impianto tipografico di un'opera come quella che aveva affidato alla nostra casa editrice.

«Speriamo che non sia un rompiscatole come il Mazzucchelli...» mi ero ritrovata a pensare disinserendo il cervello nel momento esatto in cui lui aveva iniziato a snocciolare una pletora di dati tecnici, tutti per me incomprensibili.

– Mi scusi, professore, – mi ero intromessa con un fil di voce approfittando di una sua breve pausa – ci terrei ad appurare se l'editore, il dottor Garbarino, ha avuto modo di avvertirla che in genere le bozze le corregge l'autore, e la nostra redazione – che ero io e solo io – interviene solo per uniformare il testo...

Non mi aveva nemmeno fatto finire la frase. Con fare sornione si era alzato dalla poltrona tranquillizzandomi:

– Non si preoccupi, Gian Paolo mi ha spiegato con sufficiente chiarezza le vostre procedure...

«Gian Paolo? Lo chiama per nome? Allora si conoscono! Ecco perché pubblica per Althea, anziché per un qualche colosso dell'editoria! Però il capo poteva anche dirmelo che era un suo amico!»

Si era alzato e aveva aggiunto sornione:

– Peraltro l'ho subito rassicurato: tutto il lavoro di revisione sarà a nostro carico. Ho giusto un paio di dottorandi che si presterebbero ad assolvere tale compito.

Anch'io mi ero alzata. Mi aveva aperto la porta sospingendomi fuori con delicatezza.

– Venga, le faccio strada.

«E ora dove mi porta?» Iniziavo a essere stufa di tutta quella manfrina. Avevamo attraversato un lungo corridoio ed eravamo entrati in un ufficio più grande con quattro scrivanie, una sola delle quali era occupata: dallo spilungone che prima si era eclissato in un battibaleno.

– Le presento il dottor Walter Mazzotta, che l'affiancherà per l'inserimento dei grafici e delle illustrazioni.

Gli avevo allungato la mano svogliatamente, terrorizzata al pensiero di dovermi sorbire un'altra lezione di urbanistica. Il Mazzotta, invece, me l'aveva stretta con trasporto, facendomi un bel sorriso. Poi mi aveva invitato a sedere accanto a lui. Petracci ci aveva salutati entrambi fin troppo affabilmente, e si era dileguato nel corridoio, lasciando dietro di sé la porta aperta e una nuvola di fumo alla vaniglia sprigionata dalla pipa che portava sempre con lui, in mano o ficcata nel taschino della giacca.

Tra una cosa e l'altra me l'ero cavata in un'oretta e mezza, ma non era finita lì, come speravo: secondo loro sarei dovuta ritornare due giorni dopo «per concludere il lavoro», ma ero stra-che-sicura che un incontro non sarebbe certo bastato, e sarei dovuta arrampicarmi fin lassù chissà ancora per quante volte…

Fuori era buio pesto e cominciava a piovigginare: avevo recuperato gli esosissimi pesci e mi ero diretta verso casa. Al capo avrei relazionato il giorno dopo: ero già sufficientemente rintronata dalle elucubrazioni di quelle due star dell'urbanistica e non avrei retto agli ululati emessi da Gian Paolo all'udire del mio temporaneo trasloco in quel di Architettura, vessata dal Petracci anziché da lui. Venti minuti dopo ero a casa.

– Amore! Sono arrivata!

– Ciao, pulce!

Valerio, in jeans e camicia mezzemaniche, i capelli ancora umidi e odorosi di shampoo, mi si era fatto incontro nell'ingresso, aiutandomi a sfilare il cappotto.

– Sono arrivato da poco: ho fatto un salto in ditta per vedere come procede il lavoro. Poi ne ho approfittato per andare al mercato di Sestri a comprare qualcosa di sfizioso per cena: stasera si mangia branzino. Contenta? Solo che ho dimenticato di prendere il pane…

Che era esattamente quello che avevo dimenticato anch'io.

Tre

Il trillo del campanello mi aveva colto impreparata: ero appena arrivata e Carla mi aveva detto che sarebbe venuta per le otto. Si fermava a dormire da me, quella sera, approfittando dell'assenza di Valerio, un'ultima volta dai suoi prima di partire per Odense. Comunque era proprio Carla: mi aveva messo in mano una bottiglia di nebbiolo mentre si strofinava freneticamente le scarpe inzaccherate sullo zerbino. Il cappotto era fradicio, e così la *cloche* di lana cotta di un rosa delicato, l'uno e l'altra subito appesi vicino a un calorifero, ad asciugare.

– Vuoi un paio di ciabatte?

– Oh, grazie! Quando sono partita, questo pomeriggio, iniziava a fioccare.

– Mia madre sarà imbufalita! Lei la odia, la neve! Sarà meglio che la chiami. Tu sistemati pure in cucina. Con la cena sono un po' indietro… In frigo c'è una bottiglia di cigliegiolo: me la apri, per favore?

Sì, mamma era decisamente imbufalita. Anzi, era furibonda! Intanto non è mai riuscita a capacitarsi che mio padre non abbia il suo stesso concetto di pavimento-pulito-cosa-c'entra-che-nevica? Poi, con la neve, papà prende poco volentieri la macchina. Quindi, a Ovada, per la spesa, ci si deve andare in corriera. E lei aborre andare in corriera. In più, in questo caso la spesa bisognava farla anche per la Luisa, che già aveva un braccio al collo, ci mancava solo che si rompesse una gamba! Dopo un quarto d'ora di telefonata, ovvero il tempo per mia madre necessario e sufficiente a mettere seriamente in dubbio funzionalità e coerenza dell'intero cosmo, del suo eventuale creatore e dei suoi miseri abitanti, ero tornata da Carla. Che nel frattempo aveva stappato la bottiglia e versato in due bicchieri la liquida translucenza granata di quel vino meraviglioso.

– Stasera cous cous!

– Mmm! È da un pezzo che non ne mangio.

– Anch'io: Valerio lo detesta. E farlo per me sola non ha senso...

Avevo iniziato ad affettare le verdure: le patate e le melanzane a tocchetti, zucchine, carote e cipolle a rondelle, il peperone in striscioline minute, facendo bene attenzione a eliminare i semi, e sorseggiando di tanto in tanto un goccio dal calice che avevo appoggiato sul bancone in marmo grigio.

– Ti saranno costate un capitale: non è che sia roba di stagione...

Avevo rovesciato il tutto nella pentola di terracotta, condito con un filo d'olio, aggiustato di sale e completato con una scatoletta di pomodori passati già fatti a pezzetti.

– Nemmeno tantissimo. E poi dicono che la globalizzazione sia una minchiata... I ceci però li ho presi in scatola. E il cous cous è precotto.

– Tanto, ormai, comprano quello precotto pure i marocchini...

– Non credere, sai... Il mio *besagnino*, che è di Casablanca, sostiene che costa molto di più e ha la grana troppo fina rispetto a quello normale.

– Non mi diventerai mica purista anche, e sottolineo anche, della cucina magrebina?

Mentre le verdure cuocevano e l'aroma del cumino si diffondeva per la casa, avevo aperto e scodellato in due coppettone senza manico, reliquie di colazioni del tempo che fu, il contenuto di un barattolo di giardiniera – sopraffina produzione della Luisa – e uno di funghi sott'olio – preparati da quel Gran Maestro dell'Ordine del Fungo che è mio padre – e avevo apparecchiato. Sgranocchiando cipollotti, funghetti e gambi di sedano, debitamente accompagnati dai grissini di Sebastiano, il mio fornaio preferito, si era iniziato a chiacchierare.

– Certo che rinunciare al sabato come giorno libero dev'essere stata dura…

– Essendomi di nuovo iscritta all'università, mi viene meglio il giovedì. Così riesco ad andare in segreteria e a procurarmi le dispense. Tanto il sabato quella gran zoccola della preside, non me l'avrebbe dato manco morta!

– Perché?

– È riservato a quei lecchini dei suoi "collaboratori". Io non le vado a genio. Intanto penso troppo con la mia testa. Poi non gliele mando a dire. Secondo lei, a scuola, dovremmo piantarci le tende: «bisogna essere sempre disponibili» dice…

– E i colleghi?

– Mah! I più si sono subito assuefatti. E fanno a gara per compiacerla. Ma dietro dicono di lei le peggiori cose. Pensa che ha avuto perfino il *becco* di chiedere alla Valeri, quella di Filosofia, che sarebbe il caso si vestisse un po' meglio. Che faceva fare brutta figura alla scuola.

– Ma va'?

– Per fortuna che c'è lei, a tirare su le sorti del liceo: ogni giorno cambia *mise*. Ah, e le scarpe son sempre tacco-dodici. Anche se piove. Anche se nevica. Anche se sta passando il ciclone Katrina.

– Devono pagarli benone, i presidi…

– Dirigenti scolastici si chiamano ora, dirigenti scolastici.

Le verdure erano pronte, e in cinque minuti d'orologio, esattamente come recitavano le istruzioni per l'uso sulla confezione di cartone, era pronto anche il cous cous. Intanto giardiniera e funghi erano finiti. E così il cigliegiolo. Versate le quattro dita rimaste, avevo aperto il nebbiolo: potevamo cominciare a cenare.

– E a te come ti va il lavoro?

Nel centro della tavola troneggiava la *fiammenghilla* col cous cous coronato dai ceci, e a fianco la terrina con le verdure fumanti nella loro salsa. Avevamo cominciato a servirci usando due mestoli di legno di tuia che mi aveva portato lei di ritorno da un viaggio in Marocco.

– Lascia perdere! Abbiamo a mezzo un lavoro con un urbanista di grido. Che mi ha messo fra i piedi il suo assistente. Per i grafici, dice lui. Magari è perché non si fida... Così mi tocca trascinarmi fino a Sant'Agostino. Che con 'sto tempo è una rottura megagalattica.

– Ma ad Architettura non c'è la Caterina? Faceva la bibliotecaria, mi pare... È una vita che non la vedo.

– Sì, son passata a salutarla. Magari un giovedì pranziamo insieme, se ti va...

Terminato il cous cous le avevo proposto un po' di frutta, mandarini e arance, niente di che, ma eravamo strapiene entrambe. Così avevamo deciso di trasferirci direttamente in sala, con la bottiglia di vino e i bicchieri, per continuare a chiacchierare comodamente spaparanzate sul divano.

– Ti ricordi quel tipo che ho trovato morto nel vicolo?

– Sì. Si è poi scoperto come è andata?

– Boh? A quanto scrivono i giornali era impasticcato. Tanto da cadere dalla finestra.

– Magari ci si è cacciato lui dalla finestra: pare che se ci si strafà ben bene di certa roba si abbia la convinzione di poter volare.

– O si incontrano elefanti rosa in tutù... Mi sembra un po' sbrigativa come soluzione, ti pare? Ho visto sua sorella.

– La sorella di chi?

– Del morto.

– Ma sei andata di cervello? Cosa ti è venuto in mente?

– A me niente. È capitato. È capitato per caso.

– Per caso? E come?

– Ad Architettura. In biblioteca…

– E lei che dice? Lo saprà bene, no, come è morto suo fratello…

– Ti ho detto che l'ho vista, mica che le ho parlato!

Carla mi guardava stralunata. Sospirando aveva allungato una mano verso la scodella di Limoges ricolma di praline posizionata sul tavolino basso. Dopo qualche esitazione ne aveva scelta una, subito addentata per metà. Poi si era messa di nuovo a squadrarmi con aria dubbiosa, serrando la restante metà fra pollice e medio.

– Romanengo. Sono di Romanengo. Le praline, intendo. Valerio arriva ogni sera con qualche leccardata. Così mi stuzzica lo spirito di emulazione, o forse i sensi di colpa, e finisce che anch'io mi ritrovo a comperare generi alimentari di categoria extra-lusso: l'altra sera, per cena, avevamo due orate e un branzino gigante. Con contorno di seppie, gamberetti e moscardini. Peccato che nessuno dei due si fosse ricordato di prendere il pane. I rimasugli che abbiamo trovato nella credenza erano praticamente fossili, degni di un museo di paleontologia…

Spazientita, Carla aveva arpionato una seconda pralina.

– Quella ti dovrebbe piacere: è alla banana.

– Allora? La sorella del morto?

– Si chiama Kadigia.

– Come la moglie del Profeta.

– Già, come la moglie del Profeta. Allora niente: lo scorso lunedì sono andata da Petracci, un nostro nuovo autore che insegna appunto ad Architettura, e in biblioteca c'era una ragazza che piangeva. Io pensavo che fosse per via di un qualche insuccesso accademico.

– E invece?

– Invece, quando sono tornata stamattina a immolarmi sull'ara dei grafici cartesiani elaborati da Mazzotta per conto del suo capo, Caterina mi ha detto che alla ragazza era morto il fratello, cascato da una finestra la settimana scorsa. Abbiamo fatto due più due, tempi e luogo coincidevano… E questo è quanto.

– Secondo te non si è trattato di un "incidente"?

– Non so. È un'impressione… Forse mi dà solo fastidio che abbiano liquidato il tutto con la più banale delle spiegazioni… Forse è perché sono stata io a trovarlo…

– Di dove era?

– Nigeria. Almeno a quanto dice Caterina.

– E lei come fa a saperlo?

– Non ne ho idea. A interromperci sul più bello è piombato lì Mazzotta, che mi aveva già cercato per ogni dove. Secondo lui ero in ritardo.

– Eri in ritardo?

– Forse sì. Ma poco poco. Quell'imbecille aveva perfino telefonato in casa editrice. E un nanosecondo dopo mi squillava il cellulare: era Gian Paolo, inviperito, che mi chiedeva dove cazzo fossi andata a finire.

– Proprio coglioni, gli uomini!

– Eh già, non se ne salva praticamente nessuno.

Quattro

– No, ma', sabato in su non vengo.

Ogni anno la stessa solfa: lo sa, mia madre, che d'inverno non ci vado volentieri al paesello. Con il freddo, la pioggia, la neve, il fango e tutte le conseguenti menate che fan da contorno ai mesi più freddi. Ma tant'è... Erano tre settimane che non salivo, e tutti i torti non ce li aveva a lamentarsi.

– Sì, lo so che non sono ancora andata a trovare la Luisa dopo che si è rotta il braccio... Solo che questo weekend vado con Valerio a Firenze: la prossima settimana parte e volevamo starcene un po' insieme tranquilli. Ho preso il venerdì di ferie...

Aveva subito ribattuto che per stare insieme e tranquilli non era il caso di andare a Firenze, col freddo che faceva. Potevamo starcene a casa. Oppure fare un salto da loro. Lo sapevo che sarebbe andata a parare proprio lì: che io e Valerio, in coppia, al paese ci andiamo di rado. Anzi, quasi mai. Forse proprio mai.

– Ma mamma! Su c'è mezzo metro di neve! Veniamo a chiuderci in casa per tre giorni?

Ovviamente sapevo già quello che mi avrebbe risposto: cosa ci andavamo a fare a Firenze che c'eravamo già stati un sacco di volte, buttavamo via i soldi per niente, e poi con quelle temperature polari ci saremmo presi di sicuro un accidenti entrambi. L'avevano detto al tiggì che era in arrivo un'ondata d'aria gelida proveniente dalla Siberia. Non lo vedevamo, noi, il tiggì?

– No, mamma, non l'abbiamo visto il tiggì.

Risposta errata! Errata e perniciosa: un attimo di distrazione e le avevo fornito un'occasione d'oro per asfissiarmi almeno per un altro quarto d'ora: non avevamo visto il tiggì perché cenavamo a delle ore balorde! Una mania assurda annoverata tra le cause principali del deperimento corporeo. Già, perché cenando tardi non si vede la tv, per cui non si immaginerebbe mai e poi mai che in gennaio a Firenze possa fare un freddo maiale, e così si finisce col riempire la valigia di braghe corte e di infradito: quindi contrarre la polmonite doppia bilaterale, una complicanza della malattia nota solamente a mia madre che si compiace di citarla spessissimo, era in fondo il minore dei mali, a fronte della morte per assideramento. La Morte Bianca. Quella della ritirata di Russia. Quella degli alpini sull'Adamello che, secondo la canzone che cantava spesso mio nonno, «avvolti in una bianca mantellina, hanno il volto ancor fanciullo e il cappello con la penna alpina». Zumpappà.

– Meno male che ti ho telefonato, allora: avevo già messo nel trolley sandali e canottiere… Però non capisco quale rapporto ci sia fra il mangiare alle nove e il dimagrire…

Questa volta l'avevo fatto apposta: la mia corporatura minuta era uno degli argomenti privilegiati di mia madre. Soltanto che lei traduceva "minuta" con "magra da fare *anguscia*", e invocava quali termini di paragone ora i bambini biafrani, naturalmente senza mai averne mai visto uno, forse nemmeno in fotografia, ora i deportati nei campi di concentramento. Paragone ben più di cattivo gusto, visto che lei un paio di deportati a Mauthausen li aveva conosciuti: uno era Gioxe, cugino di mia nonna paterna, internato fra i "politici" in quanto comunista. La moglie non ne aveva più saputo niente per più di tre anni, e aveva tirato a campare come poteva andando a lavare le scale per crescere i due figli piccoli. Poi se l'era visto recapitare a casa dalla Croce Rossa, a guerra finita da un pezzo. A casa, si fa per dire: lo avevano portato all'ospedale, naturalmente, visto che da quell'omone alto un metro ottanta che era quando, dopo un rastrellamento, l'avevano condotto in Germania, si era ridotto a pesare quarantatre chili. Il dottore, dopo qualche settimana, le aveva detto di portarselo via, che non c'era più niente da fare, che era meglio che morisse nel suo letto. Invece, Gioxe, a furia di brodini e pappette, che per molti mesi erano state le sole cose che poteva mangiare, viste le condizioni del suo stomaco, se l'era cavata. Ed era riuscito a campare fin oltre gli ottant'anni: me lo ricordo perfino io, seduto ai giardinetti, col suo bastone e la berretta in testa.

– Ma se lo so anch'io che non ho studiato: se mangi tardi ti abbuffi perché hai una fame orba…

Pensare che io mangio tardi sperando che me ne venga almeno un po', di fame…

– … così ti riempi subito…

In quello, non c'è che dire, aveva ragione.

– … poi vai dritta a dormire, visto che è tardi… E ti resta tutto sullo stomaco. Per questo dimagrisci.

Questo passaggio non l'avevo capito.

– Il mangiare… l'organismo… non l'assimila.

Doveva aver visto in tv qualche trasmissione demenziale sulle diete: non mi sembrava farina sua. Gian Paolo era passato davanti alla mia scrivania con in mano una fattura da dare a Marcello, il nostro factotum. Ne avevo approfittato:

– Arrivo, Gian Paolo, arrivo!

Il capo mi aveva guardato con aria stupita. Sicuramente pensava che mi fossi ammattita: per una volta che non mi aveva cazziato mentre stavo al telefono per gli affaracci miei… mi cazziavo da sola!

– Scusa mamma, devo finire un lavoro urgente. Ci sentiamo domani.

L'espressione perplessa si era distesa in un sorriso di complice intesa, poi si era ficcato rapido nel nostro polveroso magazzino.

Però era vero che bisognava che mi sbrigassi: avevo meno di un'ora per riordinare il materiale datomi da Mazzotta e raggiungerlo in ufficio. Certa che, se avessi tardato di un solo minuto, avrebbe sguinzagliato la protezione civile a cercarmi per ogni dove.

Mentre arrancavo su per lo stradone di Sant'Agostino mi era vibrato il cellulare in borsa: Mazzotta mi aveva mandato un sms per informarmi che era in ritardo di mezz'ora, bloccato in segreteria per via di una pratica di trasferimento di uno studente coreano. Bene: potevo passare da Caterina a ficcanasare su Kadigia.

In biblioteca tutti si stavano dando un gran daffare: i banchi erano stati accorpati sul fondo a formare un unico gran tavolone, le sedie erano sistemate in bell'ordine l'una accanto all'altra in una serie di file a ranghi compatti, Caterina si dannava vicino alla fotocopiatrice inceppata con accanto una pila di fogli verdolini mentre un viavai di ragazzi si prodigava a portare proiettore, schermo, telecomando, prolunghe, ciabatte e altre robe del genere.

– Pensavo che le diapositive non le usasse più nessuno…

– Infatti – mi aveva risposto Caterina con un sbaffo nero sulla guancia – siamo diventati matti a ripescare il proiettore dal fondo dello sgabuzzino.

– Sei sporca in faccia…

– Lo so, – e mi aveva mostrato le mani macchiate di toner – devo essermi toccata scostandomi i capelli. Non so mica se riesco a metterla in ragione, 'sta baracca…

– Che sta succedendo?

– Per me è per via di questi maledetti fogli che sono troppo spessi… – e aveva gettato un'occhiataccia alla risma verdognola appoggiata sulla sedia – è quel cretino di Marcheggiani, il prof. di scenografia, a essersi impuntato a volerli in tinta... bianchi sarebbero andati benissimo...

– Intendevo: cosa state preparando?

– Ah, una conferenza di un allievo di quell'imbecille...

Intanto dalla porta si era affacciato un giovanotto di colore, molto elegante, con due occhialini rotondi calati sul naso. Aveva sbirciato qua e là e si era di nuovo eclissato.

– Eccolo, è quello!

– Marcheggiani?

– Ma no! Il suo allievo! – alla fine era riuscita a far ripartire la fotocopiatrice, e prima di inserire i fogli incriminati nell'apposita vaschetta si era diretta lesta a lavarsi le mani in un bugigattolo di bagno che dava direttamente sul corridoio.

– Che poi, propriamente, non è nemmeno un suo allievo, – aveva continuato di ritorno dal bagno, dopo aver riavviato la diabolica macchina – ce lo siamo trovato tra i piedi lo scorso anno: viene dalla Guinea...

– E come ci è capitato qui?

– Mi pare per via di una borsa di studio della Comunità europea...

– Visto tutto l'oro che ha addosso, forse non ne aveva nemmeno bisogno...

– Hai notato anche tu, vero?

– E come fai a non notare una catena sul mezzo chilo?

– Pure il Rolex ha d'oro, e una discreta sfilza di anelli...

– Non avrà paura a girare nei vicoli con quel patrimonio addosso? Per giunta è anche mingherlino...

– Comunque è lui che oggi tiene la conferenza. Sul teatro africano...

Dalla fotocopiatrice uscivano le "locandine" che illustravano l'incontro: alle ore 17.30, nei locali della Biblioteca del Dipartimento di Scienze della Pianificazione territoriale, il prof. Jean-Claude Buthu avrebbe tenuto una conferenza su «La mise en scène des œuvres théâtrales européennes dans les pays africains».

– Non siete un po' in ritardo, per pubblicizzarla?

– Stai scherzando? Ce n'è già la facoltà piena... questa è la seconda tranche...

– Ma la fa in francese, la conferenza?

– Ovviamente, visto che è da un anno e mezzo che è qua e non spiccica ancora una parola di italiano. Ma contento Marcheggiani...

– Dovrebbe essere interessante...

– Interessante o no a me non mi ci beccano: stasera mio marito ha invitato a cena gli amici del calcetto e finito il mio orario sgommo che è un piacere.

– Mazzo in vista?

– Neanche tanto: tutti portano qualcosa e usiamo i piatti di carta.

– Kadigia non c'è?

– Non si è più vista... Devo chiedere a Tissam.

Ora dalla porta della biblioteca si era affacciato Mazzotta, che evidentemente mi stava cercando.

– Ecco Mazzotta: vado! Ti va se pranziamo insieme? Quand'è che stacchi?

– All'una e mezza, ma ho solo tre quarti d'ora.

– Benissimo, anch'io devo tornare in fretta in ufficio, che ho il capo che mi aspetta. Cinque ore senza potermi imprecare contro non so mica se riesce a reggerle.

Cinque

Anche Mazzotta era sistemato. Almeno per quel giorno. Qualcosa ancora non lo convinceva. Beato lui: perché a me non convinceva proprio niente.

Caterina mi aspettava incappottata davanti alla porta del dipartimento, già chiusa a quattro mandate. Di strada non ne avevamo fatta molta: appena in fondo alla discesa, piazza Sarzano offriva una discreta scelta di bar non troppo pretenziosi. Ci eravamo infilate nel primo, a dire il vero già strabordante di clientela studentesca. Caterina aveva preso a salutare a destra e a manca gli habitué della biblioteca, mentre io mi affannavo ad adocchiare un tavolino vuoto. Alla fine ne avevo trovato uno vicino alla finestra: adesso iniziava la solita manfrina della ricerca delle seggiole, nella speranza che quanti le occupavano impropriamente con borse, giacche e quant'altro accondiscendessero a toglierle di mezzo. Dopo avere faticosamente conquistato due sgabelli traballanti, eravamo riuscite a stoppare un cameriere e a ordinare: lei un piatto di gnocchi al Castelmagno, io un'insalata "orientale", che sicuramente doveva il suo nome alla presenza di rondellotte di surimi, la cui provenienza indo-pacifica era più che probabile.

– Dimmi un po' di Kadigia...

– Non è che ne sappia molto, a parte che condivide un appartamento al Carmine con Tissam, Marina e Silvia, quelle che hai visto con lei l'altra volta.

– Come mai? Non bazzica il vostro dipartimento?

– No, lei è iscritta a Lingue.

Gli gnocchi "filavano" alla grande, anche se a mio giudizio l'origine del Castelmagno era sospetta... In considerevole ritardo sui piatti, ci avevano portato due bicchieri di Merlot, a dire il vero un pochetto slavato.

– Bella disgrazia, quella del fratello!

– Una tragedia! Pensa che non hanno ancora fatto l'autopsia...

– Ma figurati! Son passate quasi due settimane!

– Eppure è ancora qui... La famiglia si sta dando da fare per il trasferimento del corpo, per il funerale, ma finora non c'è verso...

– Però è ben strano... D'altra parte, un clandestino... Anche il cadavere sarà considerato di serie B...

– Pensa che era medico...

– Medico? Ma va'?

– Eh già... Anche i suoi sono una famiglia per bene, a quanto dice Tissam: suo padre è un funzionario del governo. E gli altri due fratelli studiano in Francia. Ingegneria, mi pare...

Era entrata una schiera di ragazzi vocianti: fra un ululato e l'altro si era capito che avevano passato quasi indenni il preappello scritto di Analisi Due. Caterina aveva guardato l'orologio:

– Mi sa che devo proprio andare: ci sarà già Marcheggiani in fibrillazione... Capirai: manualità zero... solo per aprire l'armadietto delle chiavi ha bisogno d'aiuto, figurati se dovesse mai fare una fotocopia...

Eravamo uscite nella piazza appena indorata dalla luce fredda di un sole malato, costipato da velature biancastre. Caterina si era incamminata a grandi passi lungo la salita, io ero scesa verso San Lorenzo, rimuginando che forse un salto alla famigerata conferenza potevo anche farcelo. Magari incrociavo Tissam. O, ancor meglio, Kadigia...

Stranamente Gian Paolo non aveva trovato nulla da obiettare: sia che si fosse reso conto del mazzo che mi stavo facendo, sia che sperasse che il caro Petracci sarebbe stato lusingato dell'interessamento manifestato da Althea nei confronti delle iniziative del suo dipartimento, sia – cosa assai più probabile – che vagheggiasse un futuro lucroso contatto con Marcheggiani, l'importante era che massimo massimo alle quattro e mezza avrei potuto alzare i tacchi. E con la sua benedizione. Così, dopo aver messo mano a un bel saggetto sulle leggende e le tradizioni dell'Appennino modenese, mi ero di nuovo diretta verso Architettura. Con calma, però, perché prima volevo dare un'occhiata ai saldi, visto che quell'anno il viaggio a Istanbul mi aveva costretta a ridurre al minimo le spese natalizie. Che poi non era nemmeno così vero: in realtà avevo speso una discreta cifra per farmi riattare la pelliccia di visone della zia Elvira, morta, o come dice mamma, "mancata", a settembre.

Alla fine ero arrivata in ritardo di mezz'ora sull'inizio della conferenza, che peraltro non era ancora cominciata. In compenso avevo totalizzato ben sei acquisti in sei negozi diversi: totale sei sacchetti. Come si può mai resistere a uno splendido tubino in raso nero ribassato del settanta per cento? Dico: il settanta per cento! E a una camicetta, nera anch'essa, tutta traforata con le maniche in tulle a soli quarantacinque euro? Probabilmente l'avrei portata a dir tanto due volte, però fosse mai capitata l'occasione, nell'armadio c'era. Poi avevo preso un paio di stivaloni in pelle nera, super-tacco e poliborchiati, che servivano giusto a sdrammatizzare il visone, per non far troppo da *sciura*. Ancora: un maglione e una camicia per Valerio, con la speranza che gli andassero bene, e una sciarpina di seta viola, uno dei miei colori preferiti.

Insomma, avevo fatto il mio ingresso in biblioteca che sembravo un vucumprà, tanto ero piena di borsine d'ogni tipo. Speravo solo che quell'elegantone di Petracci, il quale mi aveva fatto un cenno soddisfatto di saluto dalla prima fila mentre cercavo di sistemare in qualche modo vicino alla mia sedia in fondo alla sala tutta quella roba, non andasse a spifferare al capo i particolari della mia ingombrante presenza: altrimenti mi avrebbe decurtato lo stipendio sicuro come l'oro. Altro che aumento!

Di ritorno a casa, un bel profumino mi aveva accolta sulla porta d'ingresso. Sentivo Valerio che spentolava in cucina.

– Mmm! Calamari! Fammi indovinare: con gli asparagi?

– Carciofi, tesoro! Erano in offerta…

Evidentemente era la giornata delle offerte… Avevo buttato il cappotto sul divano dello studio. Passando davanti alla camera avevo visto il suo trolley già pronto per la partenza dell'indomani, con camicie e pantaloni piegati per benino. Il mio, come al solito, l'avrei riempito la mattina dopo, un secondo prima della partenza, gettandoci dentro alla rinfusa quello che mi capitava. Mi ero alzata sulla punta dei piedi per baciarlo sul collo mentre stava scolando muscoli e vongole, pronti per essere conditi da una meraviglia di sughetto che sobbolliva piano in padella. Con il dorso dell'avambraccio si era scostato il ciuffo dalla fronte imperlata di sudore: qualche rughetta attorno ai begli occhi neri mi ricordava i molti anni trascorsi insieme. E così i fianchi un po' appesantiti che stavo stringendo con le mani: e pensare che quando l'avevo conosciuto era uno spilungone allampanato con un fisico da atleta…

La tavola era apparecchiata e il vino già versato nei bicchieri: la scelta del Rossese era perfetta: cosa volevo di più dalla vita?

– È stato interessante?

– Dici la conferenza? Una noia che non ti dico!

Avevo portato in tavola la pentola con i frutti di mare fumanti, mentre lui dava ancora una girata col mestolo ai calamari. Il vino era di un bel rosso rubino. Secondo l'etichetta avremmo dovuto percepire «sentori complessi di rosa leggermente appassita e di fragola di bosco matura».

– Ma tu ce lo senti l'odore di rosa appassita?

– E dove lo dovrei sentire?

– Nel vino, amore…

Ne aveva bevuto un sorso:

– Mi sembrano tutte stronzate…

– Effettivamente…

– Eppure l'argomento sembrava promettere bene…

– Sembrava… È lui che mi è parso un perfetto imbecille!

Ero già riuscita a fare una macchia sulla tovaglia. I muscoli erano la fine del mondo. E anche le vongole non erano male: il condimento a base di porro, capperi e pomodori di Pachino, con una spolverata di timo ci stava una meraviglia.

– Buoni 'sti muscoli.

– Sì, son anche belli grossi: è per via della luna piena…

– Dicevo: una noia mortale!

– Che tipo è? Mi hai detto che è africano…

– Guinea… Avessi visto che eleganza: si parava con un abito fumo di Londra che gli cadeva a pennello, camicia celestina, cravatta Regimental. E un Rolex da un chilo.

– E come sono 'sti spettacoli africani?

– A quanto pare uguali ai nostri… Comunque in mezz'ora ha detto tutto quello che aveva da dire, così ne ha approfittato per dare la stura a un predicozzo sulla situazione politica del suo paese: c'è mancato solo un pelo che non mi appisolassi sulla sedia.

Anche lui aveva fatto una bella macchia sulla tovaglia.

– Domani la caccio in lavatrice…

Avevo tolto di mezzo la pignatta ricolma di valve vuote, e controllato se i calamari erano cotti.

– Per me ci vuole ancora un *cicinino*…

– Dunque, due ore buttate via?

– Non del tutto. Mentre sbaraccavano e rimettevano a posto i tavoli della biblioteca, ho avuto modo di parlare con Tissam.

– Tissam? E chi sarebbe?

Si era alzato a prendere la casseruola e l'aveva piazzata in mezzo alla tavola, su un sottopentola carino che mi aveva portato dalla Svezia. Io avevo cambiato i piatti.

– L'amica della sorella del ragazzo che ho trovato morto, Amin. Sai che era medico?

– Ma non era un clandestino?

– Così hanno detto in Questura…

– Magari, semplicemente non avrà avuto i documenti a posto… Si sarà lasciato scadere il permesso di soggiorno… Ti ricordi che è capitato anche a me, in Cina?

– Secondo Caterina, manco ci doveva essere, qui… Dice che non lo sapeva nemmeno sua sorella. Tra l'altro la famiglia deve star benone. Economicamente, dico: Kadigia è iscritta a Lingue, e altri due fratelli studiano in Francia. Adesso lei è in Nigeria, dai suoi: dovrebbe tornare la settimana prossima.

– Ci sarà anche tutta la questione del funerale da gestire…

– Sono proprio una bontà! Quella punta di zafferano che ci hai messo, proprio la morte sua… Funerale… Pensa che non c'è ancora l'esito dell'autopsia…

– Ma se sono passate più di due settimane…

– Già… Va' a sapere…

Avevo sgomberato in fretta mentre Valerio lavava i piatti. Poi ci eravamo trasferiti sul divano in sala a finire la nostra bottiglia in santa pace.

– Non ti pare strano che un giovane medico parta dalla Nigeria senza documenti per venire a buttarsi giù dalla finestra in un *carrugio* di Genova?

– Mi pare strano, sì… Abitava lì?

– Tissam non me l'ha detto, ma può darsi… Forse era da un amico. O da un connazionale: in quella zona c'è pieno di extracomunitari più o meno in regola. In due o tre stanze ci stanno ammassati in dieci…

– … pagando ai nostri cari concittadini affitti da capogiro…

– … per delle topaie indecenti! È strano anche che un medico si fosse strafatto: un minimo di idea degli effetti collaterali di quelle schifezze ce la dovrebbe pure avere, ti pare?

– Mi pare, mi pare…

– Ed è anche impossibile che fosse ubriaco: sono musulmani!

– Sai che la celere, quando vede un morto schiattato nei vicoli, tira sempre in ballo la droga: è la soluzione più semplice. Più ovvia…

– Hanno poi deciso quando ti fanno partire?

– Sì, martedì.

– Di già? Peccato, non fai nemmeno a tempo a salutare Carla… A che ora avete l'aereo?

– Sette e cinque… Ma poi stiamo parcheggiati a Fiumicino per più di tre ore…

– Scusa, ma non ce n'è uno dopo, di aereo?

– Il mio collega è uno ansioso… Ha paura di perdere il volo per Odense…

Sul fatto che l'orario antelucano fosse tutta farina del sacco del collega dubitavo non poco…

– Partendo alle sei ci arriviamo comodi…

– Lo sai, no, che il check-in va fatto almeno un'ora prima… Magari c'è coda…

Smascherato! Ora sarebbe iniziata la consueta diatriba su tempi e modi in cui raggiungere l'aeroporto. E l'orario ottimale in cui avremmo dovuto uscire di casa per arrivare all'aeroporto stesso, che dista dieci minuti di macchina, sarebbe stato inesorabilmente fissato attorno alle cinque del mattino: non si sa mai, avessimo per caso forato una gomma... Essendo consapevole di dove si sarebbe andati a parare, e non avendo la minima voglia, scoccata da un po' la mezzanotte, di andarmi a ingarbugliare in cavillose disquisizioni sugli eventuali imprevisti, avevo tagliato corto, riprendendo a parlare del "mio" morto ammazzato.

– Secondo te perché è venuto su senza dir niente a sua sorella?

– Chi?

– Ma Amin, no? Su, il ragazzo che è volato giù di sotto...

– Avrà avuto le sue buone ragioni...

Valerio iniziava a dare segni di cedimento... Eppure aveva ronfato almeno fino alle dieci!

– Dimmene una!

– Chessò, magari era venuto a controllarla...

– A controllarla? E perché?

– Boh? Forse lei era stata promessa in fasce a un cugino di terzo grado pieno di soldi e la famiglia temeva che un qualche amorazzo italiano potesse mandare a monte un lucroso matrimonio.

– Ma come fai a pensare certe cose? Son luoghi comuni che nemmeno mia madre...

Gli era scappata una mezza risata:

– Le dico, mica le penso!

Mi stava prendendo bellamente per il sedere...

– E poi: sei proprio sicura che la sorella non lo sapesse che lui era a Genova?

In effetti non lo ero...

– Mmm... A dire il vero no... Me l'ha detto Caterina che l'aveva saputo da Tissam...

Terza mano, anzi, quarta, visto che non era mica poi così certo che Kadigia avesse detto esattamente questo alla sua coinquilina. E come insegna la filologia, di testimone in testimone, di inesattezza in inesattezza, gli errori proliferano all'infinito.

– E, toglimi una curiosità, coma fai a sapere che era clandestino?

– C'era scritto sul giornale…

– Ah, allora andiamo bene! È quasi l'una e stiamo qui a parlare di uno che, ovviamente provvisto di regolari documenti e con un banalissimo volo di linea, magari era solo venuto a trovare la sorella la quale, non avendo posto in casa, lo ha piazzato a dormire da qualche conoscente.

– E lui, per ripicca, si è spiaccicato sul marciapiede… Anzi, no: è stato l'amico della sorella a *imbelinarlo* giù dalla finestra, visto che, com'è noto, dopo tre giorni l'ospite puzza!

Sei

Sapevo di dovere assolutamente andare da Petracci, o per meglio dire da Mazzotta, ma non riuscivo proprio a decidermi. Fuori faceva un freddo polare. Anche di più: stratosferico, intergalattico, plutoniano. E quell'"assolutamente" non mi convinceva nemmeno del tutto, visto che in fondo col lavoro eravamo abbastanza avanti. Però da quell'orecchio Gian Paolo sembrava non sentirci proprio, e non c'era stato verso di metterlo in ragione. Per ricordarmi questa imprescindibile necessità, a intervalli più o meno regolari lasciava il suo antro fumoso e veniva a gironzolare nella mia stanza accampando perlopiù scuse risibili che però contemplavano sempre un riferimento, diretto o indiretto, a Petracci.

Io comunque tenevo duro. E temporeggiavo. Onde evitare di offrirgli un fin troppo facile pretesto per spedirmi dall'altra parte della città a omaggiare il prof., avevo perfino rinunciato alla sacrosanta uscita mattutina per il caffè. Non al caffè, però, che mi ero fatta portare da Marcello approfittando della sua, di uscita. Alla fine se lo era preso "da asporto" anche lui, il cappuccino, ed era arrivato infagottato nel piumino rosso, con il cappuccio della felpa calato sugli occhi, reggendo un vassoio con su una tazzina e una tazzona debitamente sigillate con l'alluminio, un bombolone alla crema e una bottiglietta di succo di frutta alla pera. Il tutto per non privarsi del nostro consueto "angolo della serpe", lo spazio mattutino che da anni riservavamo, religiosamente, al *ceto* più sfrenato, tagliando e cucendo cappottini addosso a questo e a quello che nemmeno l'atélier Valentino al gran completo avrebbe saputo fare di meglio.

Mentre eravamo intenti, io a sorbirmi il mio "macchiato caldo", Marcello, che non si era ancora sfilato il paraorecchie in pile grigiotopo, a *pucciare* il bombolone nel poco liquido avanzato in fondo alla tazza, si era profilato il capo all'orizzonte. Con fare impacciatissimo aveva fatto un giro attorno alla mia scrivania, fingendo di cercare chissà cosa, poi si era diretto verso di noi, seduti al grande tavolo del magazzino.

– Si banchetta, eh? Si banchetta...

– Veramente sto prendendo solo un caffè... tra l'altro il primo della giornata, visto che stamattina mi sono svegliata quasi fuori tempo massimo.

Marcello esibiva una vistosa chiazza di crema sul mento e aveva i contorni della bocca imbiancati di zucchero a velo: sembrava un clown. Si era pulito col dorso della mano, che aveva poi passato sui jeans, sporcandoli ben bene.

– Mi chiedevo se fosse il caso di sentire Petracci...

Esausta per quell'incessante assedio, avevo finito col cedere, e sfidando le avverse condizioni meteo mi ero incamminata verso Sant'Agostino: viaggio pressoché inutile, perché il prof. era impegnato in non so quale consiglio, e Mazzotta riceveva gli studenti in vece del professore: davanti allo studio c'era una fila, ma una fila, che nemmeno per il gelato a Mosca ai tempi di Breznev... Così aveva potuto dedicarmi solo un quarto d'ora, liquidandomi con un cd che avrebbe dovuto contenere la versione aggiornata dei grafici da mettere in appendice al famigerato quinto capitolo.

Quindi ero passata da Caterina, a vedere se si poteva mangiare un boccone assieme: era di nuovo alle prese con la fotocopiatrice.

– Ancora?

– Guarda, lascia perdere… Non c'è proprio modo di quietare: prima o poi Marcheggiani mi farà impazzire!

– Non dirmi che c'è un'altra conferenza all'orizzonte…

– Peggio, peggio… Fammene fare ancora una cinquantina e poi andiamo a prenderci un panino.

Nel frattempo, nel vano delle scale avevo intravisto Tissam. Mi ero fatta coraggio e l'avevo avvicinata:

– Ciao, sono Nadia, un'amica di Caterina…

Mi aveva fissata con due grandi occhi neri, lucidi di perplessità.

– Mi ha detto che condividi la casa con Kadigia… be', vedi, io sono quella che ha trovato suo fratello morto, nel vicolo… non so, mi farebbe piacere conoscerla, fare due parole con lei…

– Adesso è dai suoi.

Lo so, me l'ha detto Caterina… È un po' difficile da spiegare, ma ci sono cose che vorrei dirle, e altre che dovrei chiederle… Mi potresti fare il favore…

– Vuoi incontrarla?

– Sì… se a lei non spiace… insomma, se non la turba troppo…

– Dovrebbe tornare dopodomani: glielo dico, e poi faccio sapere a Caterina, okkei?

– Okkei.

Si era ficcata in un'auletta vicino alla biblioteca, per far su le sue cose. Io ero tornata da Caterina che si era già infilata la giacca a vento, pronta per uscire. Non aveva molto tempo, sicché ci eravamo fermate in una piccola latteria proprio di fianco alla Facoltà. Non avevo un granché fame, e mi ero limitata a chiedere un bicchiere di bianco, certa che gli stuzzichini mi sarebbero bastati ad arrivare fino a sera. Stuzzichini che poi altro non erano che un tramezzino tagliato a cubetti, e le solite patatine stantie.

– Ho visto che parlavi con Tissam…

– Sì. Vorrei vedere Kadigia. Magari ne sa qualcosa di più di quello che dicono i giornali. Non so, forse sarà solo una sensazione ma mi sembra che in 'sta storia ci sia qualcosa che non torna.

– E che cosa?

– Non saprei dire… qualcosa… il fatto che pur essendo medico non avesse i documenti in regola, che fosse entrato in Italia clandestinamente… la faccenda della droga… proprio non saprei…

– Comunque, in fondo fai bene, a parlarle. Del resto sei stata tu a trovarlo. E sono convinta che faccia bene anche a lei.

– Cos'è che sta architettando di nuovo Marcheggiani?

– Da quando abbiamo *monsieur* Butho fra i piedi si è fatto prendere da manie di grandezza: internazionalizzazione, la chiama.

– Vale a dire?

– Vale dire che il tipo è in contatto con varie compagnie teatrali del suo paese, e si è messo in testa di organizzare uno spettacolo con loro, qui, a Genova. Shakespeare rivisitato in salsa afro: tamburi, canti e balli con un contorno di illuminotecnica psichedelica. Roba sperimentale, dice lui… E noi potremo far sfoggio davanti al rettore di avere prestigiosi rapporti internazionali senza spendere una lira.

– Mi pare una bella cosa…

– È la seconda volta che ci prova: la prima, tre mesi fa, è andata buca.

– E come mai?

– Non ti so dire di preciso. Era tutto pronto: lo spazio prenotato alla Loggia della Mercanzia, inviti stampati in tipografia, giornalisti allertati per l'evento. Che in questi casi i critici *engagés*, o sedicenti tali, si mobilitano da mezza Italia.

– In effetti quando l'anno scorso sono arrivati i dervisci rotanti da Konya i media hanno tirato su un bailamme… Non sentivi parlare d'altro…

– Poi, pochi giorni prima dello spettacolo: puf! Cancellato!

– Per quale ragione?

– Mi pare di aver capito per questioni burocratiche. Di Ambasciata… O perlomeno è quanto ci ha detto il prof., che lo ha saputo da Buthu. Pensa che c'era già il volo prenotato: più di trenta persone. Deve essere stato per via di certi fondi stanziati ma non arrivati in tempo utile: certo che mantenerseli tutti per una decina di giorni non doveva essere uno scherzo…

– E ora?

– Sembra che i problemi si siano appianati. I tempi però son strettini: si parla già del mese prossimo. Forse prima. Marcheggiani vorrebbe farlo ai primi di febbraio, per via che siamo ancora liberi dalle lezioni…

– Praticamente dopodomani…

– Già!

Caterina aveva buttato giù l'ultimo morso di piadina, e avevamo ordinato il caffè. Mezz'ora dopo ero di nuovo in casa editrice, ad ammattire dietro i nuovi file di Mazzotta. Per poco, però, visto che il giorno dopo doveva partire Valerio e c'erano ancora diverse cose da sistemare.

Le due valigie erano già belle e pronte nell'ingresso, e i biglietti aerei in bella vista sul mobiletto, con sopra le chiavi della macchina: segni inequivocabili che mi aspettava una serata di ansia pura. Un distillato di ipocondrie varie che senz'altro avrebbe reso il futuro distacco meno doloroso. Ovviamente eravamo andati a letto piuttosto presto, dopo avere controllato più e più volte che tutto fosse a posto: passaporto, documenti vari dell'azienda, voucher del mini-appartamento, recapiti a cui rivolgersi in loco.

Verso le tre mi ero svegliata, con una strana sensazione: c'era nell'aria qualcosa di insolito, che non riuscivo a definire con certezza… Alzandomi per andare in bagno avevo realizzato di essere circondata da un silenzio surreale, e che uno strano chiarore filtrava dalle persiane, nonostante fossimo nel pieno della notte. Scostate le tende della cucina, mi era venuto un colpo:

«Maledizione, nevica!!!».

Grosse falde candide scendevano ondeggiando dal cielo in un'assoluta mancanza di vento. E avevano già coperto di ovatta candida ogni cosa: auto, rami, cassonetti, il muretto di fronte, e i vasi sul terrazzino della dirimpettaia, che sembravano tante meringhe in bella mostra nella vetrina di un pasticciere. La strada sembrava un fiume di latte, soffice e immoto. In quella totale assenza di rumori distinguevo nettamente il respiro regolare di Valerio proveniente dalla camera da letto. Ero incerta sul da farsi: se lo avessi svegliato sarebbe entrato certamente in paranoia, e si sarebbe attaccato al telefono per informarsi sull'eventuale soppressione del volo. Probabilmente avrebbe voluto precipitarsi subito in aeroporto, prima che il sistema viario fosse andato in tilt. Magari sarebbe arrivato a pensare perfino di raggiungere Roma in macchina... Molto meglio far finta di niente e tacere, tornarmene a dormire in attesa dello squillo della sveglia: a cosa e come fare ci avremmo pensato la mattina successiva.

Sette

Alla fine l'avevo data vinta a mamma ed ero andata su, nonostante il tempo si mantenesse al brutto: a Genova ormai le strade erano tornate normali, complice anche una pioggia minuta e persistente che aveva continuato a cadere nei due giorni dopo la nevicata, ma oltre il Turchino il gelo non mollava, e il manto di neve si era conservato intonso, cristallino e compatto a bordare il nastro nero d'asfalto, che ora con maggiore evidenza vedevo snodarsi di fronte a me fra le colline. Avevo anticipato la partenza al venerdì pomeriggio, vuoi perché il volume di Petracci era in una fase di stallo, vuoi per la partenza di Valerio, che mi aveva lasciata un po' spaesata: il lato negativo di tutto quell'andirivieni, che senz'altro contribuiva a movimentarci la vita e a scongiurare la noia di una convivenza stabile, era la fatica di adattarsi ogni volta al cambiamento di stato. Insomma: quando arrivava ero sbalestrata per veder scompigliato il mio tran tran quotidiano, quando se ne andava mi mancava la sua compagnia. E il trasporto della sua traboccante affettuosità.

Come sempre, quando nevicava, mia madre aveva fatto la polenta, e appena entrata in casa ero stata avvolta dal profumo acuto del sugo di funghi che l'avrebbe condita. Ero salita di corsa a cambiarmi, onde evitare di schizzarmi di sugo il maglioncino lilla. Fra l'altro in cucina c'era un caldo micidiale, fra la polenta che sbollazzava e la stufa a legna caricata a palla… In compenso la temperatura della mia camera era polare, visto che non avevo avvisato per tempo della mia venuta, e il termosifone era stato aperto solo nel primo pomeriggio. Quando ero tornata di sotto, mio padre aveva appena finito di mettere in tavola e stava grattugiando un pezzo di parmigiano ormai giunto in prossimità della crosta. Mi ero ricordata che, quando ero bambina, mia nonna quelle croste le metteva nel minestrone…

– È partito Valerio?

– Sì, ma', martedì.

Sarà stata la sesta volta che me lo chiedeva… Aveva scodellato la polenta nei piatti e messo la terrina col sugo in mezzo.

– Tra l'altro, te l'ho detto, è stato un vero delirio! Ci siamo svegliati che nevicava e a disincagliare la macchina dal parcheggio ci ho messo quasi un quarto d'ora: per terra ce n'era già un palmo buono… Comunque siamo arrivati lo stesso in aeroporto con una mezz'ora d'anticipo: lo sai che a Valerio, quando c'è da prendere un aereo, gli piglia un'ansia maledetta…

– E ha ragione! Non è mica come andare in tram, l'aereo!

– Comunque le strade erano un disastro! Il primo spazzaneve l'ho visto che ero già di ritorno. Per fortuna che ho le gomme da neve!

Il resto della serata era trascorso parlando della Luisa, del suo braccio rotto e di quella bestiaccia di gatto che non si decideva a dar via. Poi me n'ero andata a letto, sperando che il freddo cane che faceva non mi impedisse di addormentarmi presto, anzi, subito, stanca morta com'ero.

L'indomani, nel pomeriggio, avevo visto Carla e l'avevo accompagnata a fare shopping. I saldi ovadesi, però, non avevano soddisfatto nessuna delle due, e così ci eravamo rifugiate in un baretto un po' defilato, a prendere un tè. Di aperitivo nemmeno a parlarne: la sera sua madre aveva invitato me e i miei a cena, ed era certo che ci avrebbe rimpinzato fino all'orlo.

Carla era raggiante: forse perché la nuova dieta pareva dare i risultati sperati o, più probabilmente, perché da qualche tempo flirtava con un tizio. Niente di che, per carità, almeno per ora. Ero contenta: stava sola da un pezzo, se si escludono brevi relazioni passeggere, tenute in piedi più per passare il tempo, qualche serata, qualche fine settimana, che per altro.

Aveva avuto una storia importante, che era finita un sei anni prima, e da allora non aveva trovato più nessuno con cui tentare di costruire qualcosa. Lui faceva il medico. Diabetologo, per la precisione. E viveva a Milano, benché fosse originario di Varese. Si erano conosciuti a casa di Lorenzo e Marina, che lo avevano ospitato qualche giorno quando aveva partecipato a un convegno a Genova. In realtà lui ci aveva studiato, a Genova, con Lorenzo, ma poi la specializzazione l'aveva fatta a Milano, per via di non so quali conoscenze che gli avevano dato una mano a entrare. E là si era fermato.

Era stata una bella storia. Almeno per i primi anni: lei saliva un fine settimana, e andavano al lago, oppure a fare delle lunghe passeggiate. Lui scendeva quello dopo, e se ne giravano per la riviera. Poi qualcosa si era rotto. O meglio, più che rotto incrinato: una venatura sottile che iniziava lentamente a separare le loro vite. «Un periodo di stanca» mi diceva Carla. Che stanca lo era davvero, visto che si alzava tutte le sacrosante mattine alle sei e mezza per andare a scuola, e un weekend su due, sole, pioggia o neve che ci fosse, si faceva quasi cento chilometri in macchina. Gli anni in cui non aveva il sabato libero era ancora peggio: andava su finite le lezioni e spesso, al pomeriggio, da lui, invece di uscire, collassava sul divano.

Anche se, in effetti, il problema era un altro: Simone, così si chiamava, a Milano, al Niguarda, era ben piazzato e da noi, in zona, non avrebbe avuto alcuna chance di lavoro. Almeno a quei livelli. D'altra parte lei non aveva nessuna intenzione di trasferirsi e sradicarsi dagli affetti di una vita. Insomma: una relazione che non lasciava intravedere sbocchi concreti e che, sfumata a poco a poco l'euforia degli inizi, si trascinava sempre più fiaccamente… Tanto valeva darci un taglio, finirla lì. E così era stato. Su iniziativa di Carla, che era stata osteggiata solo flebilmente da lui: in queste faccende la pigrizia maschile è a dir poco proverbiale.

Ci aveva messo un po' a rimettersi in sesto, come spesso avviene in casi simili. Ma anche quando era tornata a essere la Carla di sempre aveva continuato a considerare con una certa riluttanza la prospettiva di imbastire di nuovo un legame serio.

Qualche mese prima, però, era avvenuto il miracolo insperato: aveva preso a parlarmi con sempre maggiore insistenza di un tipo che aveva conosciuto a Roma, un collega. Lo aveva incontrato in occasione di un *certamen* organizzato da una qualche istituzione per i ragazzi del liceo: consisteva in una sorta di "gara" di latino a cui gli insegnanti potevano iscrivere gli allievi che reputavano più degni. Le selezioni preliminari si erano svolte nei rispettivi licei, e una prima rosa di finalisti era stata convocata, appunto, a Roma per essere sottoposta a un altro esame, e a un'ulteriore scrematura: e in quell'occasione si era verificato l'incontro fatale. Aveva accompagnato i giovani latinisti in una biblioteca del centro ed era rimasta a far due chiacchiere con degli altri docenti che, come lei, si erano accollati l'impegno di portare gli alunni nella capitale. Lui, Alberto, non aveva perso tempo e l'aveva invitata a colazione, che si era protratta per tutta la mattinata. O quanto meno per tutta la mattinata erano rimasti nel bar a chiacchierare del più e del meno, fino al momento di andare a ritirare i ragazzi al termine della prova. Poi tutti di corsa in stazione e chi s'è visto s'è visto…

Un allievo di Carla si era guadagnato la finalissima, nessuno di quelli di Alberto, invece, ce l'aveva fatta… Però, evidentemente, i due avevano continuato a sentirsi, via mail o, chissà, per telefono:

vero è che quando la settimana prima era tornata a Roma avevano trovato modo di incontrarsi ancora, questa volta al pomeriggio, visto che la sessione di prove durava tutta la giornata e che Viterbo, dove lui abitava, dista dalla capitale solo due ore di treno.

Così avevano passeggiato a lungo tra i Fori imperiali, fino a quando la temperatura stranamente mite di quella giornata invernale l'aveva loro concesso. Poi si erano ficcati in un locale un po' rétro nei pressi del liceo che ospitava il rush finale della competizione, in modo da leccare immediatamente le ferite al giovane latinista non appena fosse uscito da quel tritacarne ciceroniano.

Un bicchiere di aglianico, e un altro, e un altro giro ancora: Carla mi aveva raccontato di quel giorno con gli occhioni lustri di compiacimento. Sorseggiando il rosso corposo lui aveva iniziato prima ad accarezzarle la mano, poi a stringergliela forte. Il tutto parlando di Borges, di Saramago, di Vázquez Montalbán. Roba d'altri tempi: non credevo alle mie orecchie:

– Ma da dove è uscito questo?

– Bah, a simili galanterie non ero mica abituata... però devo dire che una certa soddisfazione la danno...

– E mi hai detto che è pure carino...

– In effetti... è proprio un bel moro... appena appena brizzolato... e poi sempre così elegante...

– Ma se l'hai visto solo due volte!

– E che centra? Si vede lontano un miglio che è un tipo raffinato... giacca in panno chiaro, camicia blu in pendant con i pantaloni... Clarks a parte, veste in modo perfetto.

– Magari ha i calli...

– Ma cosa ti viene in mente?

– Era solo un modesto tentativo di spiegare le clark... son tanto brutte che le ammetto solo in presenza di una consistente e bitorzoluta batteria di "occhi di pernice"...

– Che cretina che sei!

– Lo sai che scherzo, no? Però, così, per fugare ogni sospetto, l'argomento pediluvio, se fossi in te, con nonchalance, lo affronterei... Prova a decantare gli effetti emollienti di lavanda e rosmarino e vedi come reagisce. Così ci mettiamo il cuore in pace!

– Ma che cuore in pace... io, il cuore, ce l'ho già in pace che è un piacere! Sei proprio terribile quando ti ci metti...

Avevamo riso tanto che i pochi avventori del bar prossimo alla chiusura si erano voltati verso di noi. Due oche... due perfette oche: che tali ci considerassero glielo si leggeva in volto. Tanto valeva accontentarli e ordinare due chiaretti nonostante le saracinesche a mezz'asta: ho sempre detestato deludere le aspettative altrui, io...

Otto

Eravamo passate a prendere i miei per le otto, e un quarto d'ora dopo, in lieve anticipo, facevamo il nostro ingresso a casa di Carla, con mia madre che reggeva un voluminoso cabaret di paste e mio padre con due *arbanelle* di funghi sott'olio confezionate ad arte l'autunno precedente. La sala, spaziosa, era arredata con mobilia d'altri tempi, un po' andante, forse ancora quella acquistata all'epoca del loro matrimonio, più di quarant'anni prima: un *trumeau* e un *contro-trumeau* impiallacciati in legno di ciliegio, un grande tavolo ovale ora apparecchiato con una tovaglia ricamata in rosa, e con su i pezzi del servizio "buono". In centro, in bell'ordine, almeno una decina di pirofile e piattini ricolmi di antipasti: peperoni in bagna cauda, cipolline in agrodolce, melanzane grigliate, insalata russa, vitello tonnato, lingua salmistrata, uova ripiene, involtini di prosciutto e salumi a non finire. Ce ne sarebbe stato a sufficienza per sfamare un reggimento.

Io non riuscivo a togliermi dalla testa la morte di Amin: continuavo a rimuginarci su dalla mattina alla sera. Anche in quel momento, fra il chiacchiericcio generale, mi ero ritrovata a ripercorrere mentalmente le possibili fasi dell'accaduto: lui che sale sul davanzale, no, magari ce lo spingono, il volo sul selciato. La borsa di studio a Città del Capo, la sorella che non sapeva niente della sua venuta... la droga... Non c'era proprio niente che quadrasse... Per un attimo avevo perfino rimpianto di non avere Prini fra i piedi.

Vabbe' che nel caso della Marinin non mi era stato molto d'aiuto, però, fra i vari salamelecchi del suo corteggiamento da gentiluomo dell'Ottocento, almeno qualche dritta investigativa di tanto in tanto me l'aveva data. O quantomeno cercava di mettermi in ragione quando partivo dritta per la tangente.

Intanto il signor Pino aveva stappato una bottiglia di barbera senza etichetta, quello di Marietto: quanto al bere, eravamo in una botte di ferro! Spizzicando ora un po' di lingua salmistrata, ora quei peperoni belli carnosi, avevo cercato di tirar via il discorso dal pantano dei convenevoli iniziali, gravitanti principalmente sul cattivo tempo e i disagi che ne derivavano.

– Nei giorni passati ho visto diverse volte la Caterina. Vi ricordate? Sua madre era di queste parti…

– Caterina chi?

– La figlia della Teresita, ma', quelli che stavano al Bricco del Trionzo…

La Melia, appena un po' indispettita per non essere riuscita a dar prova della sua competenza genealogica, si era subito ripresa:

– Ah, sì, povera Teresin! È morta giovane, lei: sarà stata massimo massimo sui sessantacinque…

– Dove l'hai vista?

– Ad Architettura. In questo periodo ci vado spesso per lavoro. Fa la bibliotecaria lì.

– Be', almeno lei è stata fortunata… un bel lavoro…

– Se vedessi con chi ha a che fare, cambieresti di certo idea, mamma…

– Pensa che mi ricordo il giorno che Teresita si è sposata, già un po' in là con gli anni, appena finita la guerra: Giuseppe l'aveva conosciuto perché aveva i suoi sfollati ai Piani del Padrone, da una cugina. Avevano fatto il rinfresco a casa, e poi li abbiamo accompagnati al treno. Gli avevano regalato un pacco di zucchero, uno di caffè, delle uova, una formaggetta e un paio di galline: erano pieni di fagotti che sembravano due profughi…

– Sì mi ricordo: all'inizio stavano in una camera d'affitto a Cornigliano… assieme ad altre due famiglie, con la cucina in comune…

– Finché non è morto il vecchio…

– E loro sono andati a stare con la suocera.

Incredibilmente si erano spazzolati tutto! Ma proprio tutto: l'antipasto era evaporato col sottofondo della storia della Teresita. Ed era stato subito sostituito da una *fiammenghilla* fumante di pappardelle al sugo di cinghiale. Io ero strapiena, Carla pensava alla linea: ci eravamo scambiate un'occhiata esterrefatte.

– Aveva già il pancione. Poi le è venuta la nefrite…

– Mi ricordo che è andata lì lì per morire. All'ospedale, l'avevano messa in una stanza al buio: dovevano toglierglielo la mattina dopo, il bambino, se no partivano entrambi, madre e figlio.

– E invece ha rotto le acque nella notte.

– Sì, Michele è nato settimino: ce l'ha fatta proprio per un pelo…

– Sai quanto l'hanno cercato, il secondo? Ma niente!

– Si era già messa il cuore in pace, di non poterne avere più, di figli.

– Credeva di essere in menopausa…

– Ed è arrivata la Caterina.

Liquidata la vicenda della Caterina assieme alle pappardelle, gli uomini avevano preso a parlare di politica, mentre la Melia portava in tavola, nell'ordine: una terrina di fagiano in umido, una di lepre in civet, un testo di patate al forno e un altro di cavolfiori con la besciamella. Eravamo arrivati ai dolci, plurale, perché la Melia aveva preparato anche un tiramisù di proporzioni inusitate, allo scoccare delle undici, e alle undici e mezza io e Carla avevamo recapitato i miei a casa, per trasferirci a bere un bicchierino da Luca.

Il locale era già semivuoto, così avevamo occupato un tavolino più grande, circondato da divanetti, di quelli in genere riservati a gruppi numerosi. Avevamo ordinato due bicchieri di barolo chinato, che ci erano stati serviti accompagnati da una coppetta di gocce di cioccolato fondente: una vera delizia! Carla le aveva fissate con un certo fastidio:

– Certo che un'altra cena come questa e la mia dieta va a farsi benedire…

– Potevi evitare di ingozzarti di pappardelle, no?

– Ma vuoi scherzare? Col cinghiale di Piero? Non ha un filo di grasso!

– Su questo ho i miei dubbi…

– E poi mia madre non ci mette neanche il burro…

– Ci mancherebbe solo mettere il burro nel cinghiale!

– Qui ce lo mettono tutti!

– Vabbe', mettono pure la luganega nel sugo di funghi, che è una vera eresia… Ieri ho parlato con Kadigia…

– Immaginavo che prima o poi ti sarebbe venuto in mente di farlo… L'hai vista in biblioteca?

– No, a casa loro, al Carmine: è proprio a due passi dall'Althea. Ci sono passata all'uscita dall'ufficio. Un posticino carino, sai, proprio ben messo… C'erano solo lei e Tissam: le altre due erano già partite, tornano sempre a casa per il fine settimana. Stanno a San Remo…

– Che tipo è?

– Carina… Molto dolce… Una ragazza intelligente, solo appena un po' timida.

– Come l'ha presa?

– Malissimo! Era molto attaccata al fratello, che dei quattro era il maggiore. Pare fosse un cervellone: laureato in un'università importante di Parigi, specializzato in endocrinologia. Aveva anche vinto una prestigiosa borsa di studio della Comunità europea per portare avanti i suoi studi sull'interferone: collaborava con un'équipe internazionale di tutto rispetto.

– Ma non mi avevi detto che era un clandestino?

– Be', tecnicamente sì, lo era… in Italia, almeno. Aveva un permesso di soggiorno per motivi di studio in Sud Africa: faceva parte di un gruppo di ricerca di Città del Capo.

– E perché era qui?

– Ah, saperlo… Sua sorella non ne ha la minima idea.

– In effetti è ben strano… La polizia che dice?

– Mah… Non si sa bene… Comunque non è l'unica, di cosa strana: intanto l'autopsia ha confermato che non aveva assunto né droga né alcool. Anche se vogliono fare ulteriori accertamenti…

– Quindi tossico non era.

– Già! Però in casa gli hanno trovato dell'*hashish*, in quella che non si può dire modica quantità…

– Spacciava? Magari l'ha *imbelinato* di sotto uno che non aveva pagato. O che non voleva pagare…

– Ma non dire scemenze!

Avevamo ordinato un secondo giro. Ormai se ne erano andati via tutti e, col tacito assenso di Luca che stava ripulendo il bancone e rassettando i tavoli, ci eravamo accese una sigaretta.

– E c'è pure dell'altro: Kadigia non ha riconosciuto nessuna delle cose che avrebbero dovuto essere del fratello e, in quanto tali, le hanno riconsegnato quando l'hanno convocata in Questura. A parte quello che aveva addosso, gli abiti e le scarpe non erano della sua taglia, e non c'era nemmeno niente di invernale: chessò, una giacca a vento, un piumino, un *cagnaro*. In più, a quanto pare, non sono state trovate lenti a contatto, che lui portava abitualmente, e neppure il cortisone, che teneva sempre con sé da quando, anni fa, era finito all'ospedale per shock anafilattico dopo aver preso un banale antibiotico.

– Quindi?

– Quindi è facile che in quell'appartamento non ci abbia mai abitato. Ed è altrettanto facile che non si sia nemmeno suicidato.

– Dici che l'hanno ammazzato?

– Secondo Kadigia potrebbe essersi trattato di un incidente, magari una lite, una rissa. Resta da capire che cosa ci facesse a Genova, senza avvertire la sorella. E in quella topaia, poi…

– Era una topaia?

– Di fatto non lo so. Lo immagino… Dal di fuori, il palazzo sembra proprio malmesso…

– Magari aveva un'amante e il marito di lei ha scoperto il luogo dei loro incontri segreti, li ha beccati in flagrante e l'ha fatto fuori in un impeto di gelosia…

– Ti sei data alla lettura dei romanzi rosa, ora? Va' là, lasciamo perdere e andiamo a dormire, che son quasi le due… Però hai ragione: del posto dove secondo i celerini avrebbe abitato non si sa un bel niente. Nemmeno Kadigia l'ha visto… Bisognerebbe approfondire…

Nove

Sul lavoro, i primi giorni della settimana successiva erano stati intensi e febbrili. Intanto avevamo avuto la conferma ufficiosa da parte di Petracci che il suo dipartimento avrebbe sganciato i denari sufficienti a pagare il fascicolo a colori, per cui avevo dovuto rivedere per intero l'impaginazione del testo. Poi il manuale di dialettologia, che tanto ci aveva fatto penare, era arrivato fresco fresco di stampa con un fascicolo cucito al contrario, sottosopra: Gian Paolo urlava al telefono dal mattino alla sera inveendo contro chiunque, visto che era in adozione nel secondo semestre, ormai alle porte. Per cui non avevo avuto modo, come speravo, di vedere di nuovo Kadigia, e chiederle ancora un paio di cosette che mi ronzavano per la testa.

Quel giovedì, già tanto complicato di suo per Mazzotta che imperversava, il capo che sbraitava, Marcello ingrugnito non so per cosa, anche il ritorno a casa era stato un percorso a ostacoli. Prima ci si era messa la Bertorello, quella del dodici, che mi aveva assalito come una belva inferocita sostenendo che la sera non riusciva a prendere sonno perché io, al piano di sopra, avrei girato per casa con i tacchi fino a tarda ora. Ovviamente la Bertorello di cosa volesse dire portare i tacchi non aveva neppure una vaghissima idea, dal momento che la si vedeva girare esclusivamente in ciabatte, per la precisione di spugna. Dunque non conosceva nemmeno il sottile piacere di togliersi le scarpe un istante dopo aver varcato la soglia di casa: vedendomi sempre, o quasi, caracollare su tacchi vertiginosi, con tutta probabilità si era fatta l'idea che fossero una specie di protesi connaturata delle mie estremità, e ci coabitassi vita natural durante.

Dopo essermi svincolata a fatica da quella paranoica insonne secondo cui, dopo le undici, era "disturbo della quiete pubblica" anche tirare lo sciacquone del cesso, e proprio mentre stavo infilando la chiave nella toppa, dalla porta accanto aveva fatto capolino Stefania, che occupava col figlioletto l'appartamento vicino da quando Anna e Giorgio, i precedenti inquilini, si erano trasferiti in un quartiere più consono al loro status.

Stefy "pancia-piatta" Carbone la conoscevo da un pezzo, e non è che mi fosse proprio simpatica. Era la figlia della Iside, un'amica di mia madre, che abitava un paio di caseggiati più su: quando faceva il liceo, e io l'università, le avevo dato perfino qualche ripetizione di latino. Poi si era sposata ed era andata a stare a Sturla, fin tanto che non avevano divorziato ed era ritornata in zona per farsi aiutare dalla madre nella gestione del bambino. I suoi argomenti prediletti di conversazione si riducevano sostanzialmente a due: quanto mai stronzo fosse il suo ex, che l'aveva mollata con un figlio piccolo per correre dietro a una bellona svampita, e la perfetta piattezza della sua pancia, tale da fare invidia perfino alla maestra di balli latino-americani del villaggio turistico dov'era andata in vacanza l'estate prima che, a suo dire, gliela fissava sempre con malcelata stizza. In realtà, almeno da quanto avevo potuto constatare dalle foto più volte sciorinatemi sul telefonino, la maestra, che era *brasilera*, aveva sì i fianchi un po' pieni, ma pure due supertette tali da far sì che gli occhi dei maschietti là, e solo là, cadessero, facendo passare in secondo, anzi in terzo o quarto piano la mancata piallatura del ventre... Com'è ovvio, al mantenimento di tale piattezza Stefy dedicava molta energia: dieta rigorosa, solo bevande non gasate, coca light a parte, che contenendo caffeina pare faccia dimagrire, step a non finire, palestra due volte alla settimana, eccetera. I discorsi su suo marito, invece, erano un tantino più complicati, almeno dal punto di vista retorico: esordivano sempre con «abbiamo rapporti cordiali, civili», o «non ce l'ho mica con lui, ci mancherebbe», o ancora «del resto eravamo male assortiti, meglio così», o perfino «in effetti è stata proprio una fortuna», e finivano in un crescendo di contumelie che tiravano in ballo innumerevoli gradi di parentado connivente e/o colluso con il coniuge fedifrago.

Per mia sventura, Stefy era pure astemia, e le rare volte che passavo da lei dovevo sorbirmi tutte le sue scempiaggini senza neppure la soddisfazione di sorseggiare un buon vino. Comunque, ero troppo stanca per inventarmi una qualsiasi scusa che mi esimesse dall'accettare l'invito, e senza aver avuto nemmeno il tempo per oppormi, mi ero trovata sprofondata in uno scomodissimo divano con in mano un immondo beverone iposodico, senza zuccheri aggiunti, privo di coloranti, di conservanti e di glutine. Tutto intorno era Ikea, e di una tristezza soporifera. Per dare una parvenza aperitivale all'incontro, aveva perfino messo in un piattino degli insipidi cracker svedesi, che però si era guardata bene dal toccare, anche solo con lo sguardo. Sandro, il bimbo, non c'era, essendo ancora al campetto di calcio, su a Belvedere, dove l'accompagnava sempre la nonna.

– Giornata terribile!

– Non dirlo a me…

La stanchezza mi aveva fatto dimenticare per un attimo che i discorsi che si potevano fare con Stefy non dovevano mai esulare da lei medesima, e che contraddirla equivaleva a passare per una presuntuosa, una prepotente, un'arrogante. La sola maniera per uscirne indenni era darle sempre e solo ragione, a prescindere.

– Ma tu non hai idea! In ufficio è scoppiata una grana grossa come una casa!

E aveva iniziato a snocciolarmi una sequela di beghe burocratiche derivanti da una certa partita di farmaci che doveva essere ritirata dal commercio. E, essendo lei la sola responsabile dell'economato di una ASL di modeste dimensioni, si era dovuta accollare tutte le pratiche amministrative relative al loro recupero e successivo smaltimento. Era la seconda volta che succedeva quell'anno. Mi stavo appisolando, e per poco non mi cascava il bicchiere di mano… Meno male che era arrivata la Iside, con mezza cena già pronta in una grossa busta della Coop, e io avevo potuto congedarmi, tornare a casa e togliermi finalmente le scarpe, alla faccia della Bertorello.

L'indomani avevo chiamato Kadigia. Ci eravamo viste da lei nel tardo pomeriggio, dopo l'ufficio. Mi aveva aperto la porta con un sorriso, vestita con un paio di jeans infilati in morbidi stivaletti di camoscio chiaro e un pullover beige: da dentro veniva un intenso profumo di caffè e il sommesso borboglio della caffettiera ancora sul fuoco. Lo avevamo preso, il caffè, sedute al tavolo di formica della cucina. Non c'era cosa che non fosse linda e ordinata: le tendine bianche ai vetri, i barattoli di pasta in bella vista su una lunga mensola, i pensili d'altri tempi, come è normale che sia negli appartamenti dati in affitto ammobiliati.

– Hanno poi finito con l'autopsia?

– Non ancora: sembra che non si rassegnino al fatto che non fosse drogato… – parlava in un italiano quasi perfetto, appena un po' nasale. – I miei sono in ansia, per il funerale…

– Mi chiedevo, è normale che tuo fratello stesse in un posto del genere? Così malmesso, intendo…

– Direi di no. Per carità, non è che Amin si facesse dei problemi: quando era a Parigi ha vissuto per più di due anni in uno studentato, e poi in altre sistemazioni provvisorie… La mia famiglia sta bene, ma non navighiamo nell'oro: eravamo in quattro a studiare.

Però ora aveva una bella borsa di studio, i soldi non gli mancavano... È più strano che fosse venuto qui senza dirmi niente... Non capisco, non capisco proprio...

– Conosceva qualcuno a Genova?

Aveva versato a entrambe un'altra tazzina di caffè, e si era accesa una sigaretta. L'avevo fatto anch'io.

– No. Almeno per quanto ne so. Era venuto solo una volta a trovarmi, di passaggio per la Francia, un fine settimana. Si era fermato da me: Marina e Silvia erano a San Remo e c'era la loro camera libera. Siamo andati all'Acquario... Fra l'altro l'italiano lo parlava poco e male.

– E in Italia, in Italia c'era già venuto?

– Diverse volte, ma sempre per convegni o cose simili. Roba di qualche giorno o poco più. Solo a Milano si era fermato per due settimane intere: aveva partecipato a uno stage. Circa un anno e mezzo fa, prima di partire per il Sud Africa.

– Era molto che non lo sentivi?

– Mi aveva chiamato tre o quattro giorni prima che morisse, da Città del Capo.

– E com'era?

– Come sempre. Anzi, perfino più allegro.

– Ti ha detto qualcosa su quello che stava facendo, sul suo lavoro?

– Niente di particolare, la solita routine. Era soddisfatto perché le sue ricerche stavano dando dei buoni risultati, secondo lui ci mancava poco a concluderle.

– Di amici ne aveva? Li hai sentiti, dopo che è successo?

– Amici ne aveva un sacco: era un tipo, come si dice, di compagnia...

– Ma proprio amici amici...

– Un paio di infanzia, che però vedeva soltanto quando tornava a casa, e Nabil: hanno fatto l'università e la specializzazione assieme, poi lui è tornato a lavorare in Nigeria, in un grosso centro di epidemiologia.

– L'hai sentito?

– No, non mi ha chiamato. Ha cercato di rintracciarlo mio padre, ma al Centro non c'era. Gli hanno detto che partecipava a una campagna di vaccinazioni nel nord-est del Paese, ai confini col Ciad.

– Ma tu non ce l'hai il suo numero di telefono?

– No, non ce l'ho.

– Ma ce l'avrà avuto tuo fratello, no?

– Sì, certo che sì...

– E il suo cellulare te l'hanno restituito, vero?

– Non l'aveva... Addosso non gliel'hanno trovato.

– Ma figurati! Impossibile! Ormai nessuno si muove più di un passo senza telefonino...

– Non so che dirti...

Aveva sprofondato il viso fra le mani, le dita immerse nella folta capigliatura. Era meglio finirla lì. Però...

– Magari l'aveva messo da qualche parte in casa...

– Difficile: mi hanno restituito tutto quello che hanno trovato...

– Forse non hanno cercato bene, gli è sfuggito... Non credo che abbiano passato la casa al setaccio: in fondo, per loro, si trattava di un caso di suicidio.

Si era tirata su e mi aveva fissato con uno sguardo fra il complice e lo stupito:

– Pensi che noi...

– ... possiamo andare a dare un'occhiata. Che ne dici di sabato?

Dieci

Era una mattinata magnifica: l'azzurro del cielo spazzato dalla tramontana, barando, sembrava volerci illudere di una primavera ormai prossima, e l'aria frizzante ma resa tiepida dai raggi di un sole finalmente non più malato portava con sé l'odorino amarognolo dei fiori di mandorlo già sbocciati sulle vicine alture, o forse solo immaginati.

Mi ero goduta l'animazione vociante dei vicoli in quel sabato mattina indaffarato di gente che stazionava davanti alle bancarelle di frutta, si soffermava nei pressi di vetrine di negozietti dai nomi bizzarri, o semplicemente girellava senza meta apparente nei carrugi, beatamente paga dell'assoluta assenza di cose da fare: per me, che il sabato mattina lo passo quasi sempre a dormire o a studiare, un mondo sconosciuto e alieno che aveva tanto il sapore delle vacanze.

Con Kadigia ci eravamo date appuntamento in piazzetta della Lepre, in un baretto, per fare colazione. Eravamo arrivate quasi a tempo, e poco dopo avevamo di fronte, sul minuscolo tavolino, un caffè "doppio", un cappuccino e due strisce di focaccia, lucida d'olio e ben salata in superficie, proprio come piace a me.

– Me la togli una curiosità? Com'è che hanno individuato l'appartamento dove avrebbe abitato tuo fratello?

– La finestra era spalancata, con la luce accesa: visto il freddo che faceva, pareva logico che si fosse buttato da lì… Almeno è quanto mi hanno detto…

– Sarà senz'altro così: quella sera ero così spaventata che non ho nemmeno tirato su gli occhi. E poi, che han fatto i poliziotti?

Con un sorriso appena velato di malinconia, aveva intinto la focaccia nel cappuccino ben zuccherato.

– Lo sai che, appena arrivata a Genova, la cosa che mi ha fatto più strano è che si mangiasse il "salato" col dolce, a colazione? Però mi piace, delle volte la compro anch'io, per il giorno dopo... In Questura mi hanno riferito che la porta era chiusa, per cui hanno dovuto chiedere un mandato per sfondarla. Come nei telefilm.

– E dentro?

– Secondo loro tutto normale, almeno per un clandestino: poco pulito ma ordinato. C'era una sedia vicino alla finestra. Nel bagno dentifricio e spazzolino, sul materasso un sacco a pelo, di quelli pesanti. Tutto qui.

– E le chiavi?

– Addosso non le aveva, però erano posate da qualche parte nell'ingresso, a quel che ne so. Insomma, trovarle le hanno trovate: in casa c'erano...

– E con i vicini, con i vicini ci hanno parlato? Li hanno interrogati?

– Boh? Non mi pare... Non mi hanno detto niente.

– Dell'*haṣhish* sai qualcosa? È venuta fuori qualche novità?

– Per loro spacciava... Non c'è stato verso di toglierglielo dalla testa.

– Sono sicuri che ci stesse solo lui là dentro?

– Parrebbe di sì: un solo spazzolino, un solo sacco a pelo, vestiti di una taglia sola...

– Che non è quella di tuo fratello.

– Mi sembra di no: anche secondo mia madre sono troppo grandi, per lui.

Mi ero alzata per andare a pagare, poi eravamo uscite nel pulviscolo dorato di luce che inondava la piazza:

– Ti piace Genova?

– Da impazzire!

Cinque minuti dopo eravamo nel vicolo dove era morto Amin, in faccia al palazzo incriminato. Il portone, vecchio e malconcio, era socchiuso: ci eravamo fatte coraggio e l'avevamo sospinto piano, entrando con un po' di batticuore in un'oscurità pregna di odori d'umido, di sporcizia e di cucina. Ci eravamo soffermate un po' in quell'aria densa e pesante, per abituare i nostri occhi, ancora lustri del sole di fuori, a un buio che certamente non era così totale come in quel momento appariva.

Appena si era iniziato a distinguere qualcosa di quello che ci circondava, Kadigia aveva allungato la mano verso un interruttore sicuramente dell'anteguerra, illuminando della fioca luce di una lampadina da trenta candele quell'androne angusto e maleodorante: di fronte a noi una scala stretta, con i gradini in pietra, che si inerpicava lungo un muro scrostato, una volta, forse, bianco. Alzando lo sguardo, avevo individuato la fonte di quel chiarore grazie a cui eravamo riuscite a distinguere l'interruttore: sei piani più su un lucernario di vetro lasciava scorgere il celeste del cielo, e faceva colare la luminosità del giorno, a mano a mano più incerta e sbiadita, lungo la tromba delle scale, ingabbiata entro la ruggine di una traballante ringhiera in ferro.

Le prime due porte, una a destra e l'altra a sinistra, le avevamo trovate sul secondo ballatoio, le seconde sul quarto, e così via, due rampe per piano fino al quinto, dove una sequela di strisce di nastro adesivo a losanghe bianche e rosse inequivocabilmente indicava che la porta su cui erano attaccate era la "nostra". A conferma, su uno dei due battenti, era incollato un foglio che segnalava quell'abitazione come sotto sequestro, a seguito di un'indagine giudiziaria.

Il fatto che la serratura fosse priva di cilindro testimoniava che, per entrare, la polizia si era limitata ad asportarlo, danneggiando solo un poco il legno più volte riverniciato della porta, e astenendosi dallo sfondarla, espediente assai più spettacolare a cui ci hanno abituato i telefilm americani.

– E ora che facciamo?

– Entriamo, no?

– E se se ne accorgono?

– Mica sanno che siamo state noi…

– E se ci beccano?

– Cosa vuoi che ci facciano? A due giovani donne carine, incensurate e di specchiata onestà… Magari solo un po' tontarelle, curiose, svampite… E che le donne siano tontarelle, curiose e svampite è cosa arcinota e assodata. Che fra l'altro agli uomini, e immagino in particolar modo ai celerini, piace un sacco… Tienilo sempre a mente per il futuro: sbatti bene i ciglioni e assumi un'espressione da allocca. Vedrai quante rogne si appianano…

Aveva sorriso, rilassandosi. Meno male, perché io, invece, ero tesa come una corda di violino. Sotto la leggera pressione della mia mano la porta si era aperta di uno spiraglio: facendo bene attenzione a non romperle, avevamo iniziato a staccare alcune bande di nastro adesivo, solo da una parte, lasciandole penzolare di lato, e con un minimo di contorcimenti eravamo entrate.

– Le riattacchiamo?

– Dopo, quando ce ne andiamo.

– E se arriva qualcuno?

– Di sabato all'ora di pranzo? La polizia no di sicuro…

All'interno era chiaro: senz'altro i questurini non si erano premurati di chiudere le imposte, quando erano usciti. Ci trovavamo in un tipico ingresso "alla genovese", ovvero un vano quadrato su cui danno tutte le porte delle stanze di casa, in quel caso due: quella della cucina e quella della camera da letto. Dentro c'era solo un vecchio divano sgangherato in velluto a fiorami verdi e oro, e un carrello per la televisione, senza la televisione sopra, con uno dei due ripiani in vetro rotto e tenuto insieme alla bell'e meglio con del nastro adesivo da imballaggio. Dal soffitto pendeva una lampadina impolverata. L'impianto elettrico era ancora esterno, con i fili fissati al muro con dei chiodini. Di là eravamo passate nella camera da letto, dalla cui finestra si sarebbe buttato Amin: una rete mezzo sfondata con su un materasso lercio, un vecchio comodino ormai privo di sportello, col cassetto semi-aperto, un armadio a due ante e la seggiola famosa, di metallo verniciato, come quelle che c'erano negli ospedali una volta.

Avevamo iniziato a curiosare in giro, senza trovare niente. Ma proprio niente di niente: niente nell'armadio, niente nel comodino, niente nel cassetto, niente sotto il materasso. È chiaro che tutto quanto stava lì era stato portato via dai poliziotti in quanto "effetti personali" del morto.

– Dov'è che hanno trovato l'*hashish*?

– Mi hanno detto in cucina...

– Andiamo in cucina.

La persiana della cucina non era aperta, sicché avevamo dovuto accendere la luce: la circolina al neon ci aveva messo un po' a partire, poi, finalmente, aveva rischiarato con la sua luce gelida e ronzante quell'ambiente misero: il tavolo, di legno, era addossato a una parete, sull'altra dei pensili in formica bianca sovrastavano un lavello di marmo grigiastro. Le piastrelle, bianche anch'esse, sfoggiavano decalcomanie a fiori, smangiucchiate ai bordi. Nello scolapiatti appeso sopra il lavandino solo poche stoviglie: qualche piatto di vetro giallo-ocra, due tazzine spaiate con decoro floreale, un bicchiere di vetro spesso. Anche la credenza ci aveva dato poca soddisfazione: un po' di pentolame di alluminio, un barattolo di conserva ormai ammuffita, la zuccheriera piena a metà, una scatola aperta di sale grosso che l'umidità aveva reso duro come il marmo.

– Be', almeno una cosa mi pare certa: qui non ci vive più nessuno da mo'...

– Loro sostengono che si trattasse di una specie di "rifugio" per gente di passaggio. Oppure di un posto utilizzato solo per la compravendita di droga.

– Sì, vabbe', però se ci hanno trovato i suoi vestiti, il sacco a pelo, dentifricio e spazzolino vorrà ben dire che qui ci avrà abitato, anche per poco. E non si faceva manco il caffè? Non aveva nemmeno un pacco di biscotti? Non ha lasciato neppure un avanzo di pane?

– Del resto non c'erano nemmeno le lenti a contatto...

– Guarda che è ben strano, ti pare?

Una porta a vetri dalla cucina portava nel bagno: una stanzetta piccolissima con dentro solamente il water e un lavabo, sopra il quale un armadietto bianco e nero in plastica da sé mostrava, essendo aperto, di essere desolatamente vuoto. Nel vano della finestrella alta due palmi e larga uno, il solo ornamento di tutta la casa: un vasetto con dentro una piantina finta. Scolorita e sporca.

– Andiamo, va'...

– Andiamo.

Avevamo riaccostato la porta, e sistemati per bene i nastri adesivi. Scendendo le scale, qualche scalino oltre il secondo piano, avevamo sentito una porta chiudersi alle nostre spalle: eravamo tornate subito indietro. Avevamo bussato, sentendo distintamente i gridolini di un bambino che provenivano da dentro. Nessuna risposta. Avevamo bussato di nuovo:

– C'è nessuno?

Silenzio.

– Non siamo della polizia: c'è la sorella del ragazzo trovato morto qui sotto... Potete aprire? Per favore!

Una bella ragazza nera, con indosso uno di quei vestiti coloratissimi tipici del Senegal, e i capelli raccolti in un turbante che riproponeva la stessa fantasia a colori vivaci, aveva fatto capolino: in un'ampia sciarpa in cotone arancio, annodata dietro la schiena, teneva un bimbetto dai capelli ricciuti. Aveva visto Kadigia e si era un po' tranquillizzata:

– Sei sorella di ragazzo? – aveva domandato in un italiano stentato, con un forte accento francese.

– Sì, mi chiamo Kadigia. Lo conoscevi?

– Scusa, io parla cattivo italiano...

Era uscita sul ballatoio, dirigendosi verso la porta di fronte.

– Parla meglio Karim, fratello di marito.

Aveva bussato:

– Karim! Karim!

Ad aprire era venuto un ragazzone altissimo e ben piazzato, due occhi enormi sotto una capigliatura lucida e crespa. Addosso aveva una tuta lisa, con lo stemma e i colori del Milan.

– Sono la sorella del ragazzo che hanno trovato morto giù in strada. Mi chiamo Kadigia.

– Mi spiace, per te.

– Lo conoscevi? Lo conoscevate?

– No, mai visto.

La giovane madre con il bambino in collo aveva scosso la testa, a sottolineare che neppure lei lo aveva mai visto.

– Secondo la polizia abitava qui...

– Noi non parla con polizia: noi *sans papiers*. Quella sera andati via tutti, appena visto ragazzo per terra.

– In quanti abitate qui?

– Noi di Senegal quattro famiglie: primi due piani. Sopra algerini: muratori, brava gente anche loro. Poi ci sono albanesi ed egiziani. Cinque egiziani. Scaricano cassette al mercato.

– E al quinto piano? Dove secondo loro abitava Amin?

– Nessuno, nessuno sta lì. All'ultimo piano ci sono di Ecuador. Ma non fissi. Vanno e vengono: piove dentro.

– Ma allora cosa ci faceva qui?

– Io non so: forse cercato un posto per il freddo. Entrato senza permesso, rotto porta… Lui non stava qui. Noi doveva vedere qualche volta: mogli sempre in casa, con bambini.

– Grazie, Karim, grazie davvero.

– Mi spiace per fratello. Non dire niente a polizia: noi lavora, per mogli, per figli, per madre e padre al Senegal. Noi non vuole problemi.

– Non preoccuparti: non diremo una parola.

Avevamo salutato e ringraziato ancora almeno tre volte, poi eravamo scese leste per le scale, adesso pervase da un acre odore di spezie, caldo e pastoso. Uscite nella luce abbagliante del mezzogiorno ci eravamo scambiate uno sguardo a metà fra il perplesso e il felice: senz'altro orgogliose di noi per aver osato quella piccola missione e affrontato il brivido del rischio, ma in dubbio sui risultati ottenuti:

– Che dici?

– Bene, no?

– Non è che abbiamo poi risolto quel granché, alla fine…

– Be', però ora abbiamo la certezza che qui non ha mai abitato. Per cui è evidente che la roba trovata dentro l'appartamento non è sua. Resta da vedere se sia o meno di qualcun altro…

– Cioè?

– Mah, ci devo pensare con calma: ora ho la testa affastellata… Però ho una mezza idea di chiedere qualche informazione a una signora che conosco. Vive in questa zona da quasi sessant'anni, e ci viveva pure sua madre, che forse è perfino ancora viva. Almeno lo era fino all'ottobre scorso.

Ci eravamo abbracciate forte, poi ognuna per la sua strada: lei a studiare per l'ultimo esame di russo, io di corsa al paesello.

Undici

Ero arrivata su dai miei un po' prima delle tre, dopo essermi imbattuta, sul Turchino, in quello spettacolo raro e assolutamente magico che è la galaverna: il sole che illumina i rami degli alberi spogli fasciati di una sottilissima guaina di ghiaccio trasformandoli in mirabolanti e intricate sculture di vetro capaci di riflettere la luce come prismi di purissimo cristallo.

– Pa', c'era la galaverna sul Turchino!

– Che meraviglia, eh? Però agli alberi fa male: li brucia, e poi seccano. Non sempre, però…

Il giardino, in gran parte ancora coperto di neve candida e zuccherosa, riverberava lo splendore di quel pomeriggio terso. Solo mamma era incupita da un umor nero degno dei grandi romanzi russi dell'Ottocento.

– Che hai, ma'? Hai il nervoso?

– E come si fa a non avere il nervoso con 'sto tempo?

– Dai, che oggi è una giornata magnifica!

– Non *sciuga* niente! E poi, con la neve che si scioglie, per terra c'è un *paciugo*… Sono sempre lì a pulire scarpe e a strofinare il pavimento: che tuo padre mica ci sta attento… quando entra in casa ha sempre due dita di *bratta* sotto le scarpe… Mangi qui, stasera? Perché guarda che ieri non siamo andati a comprare: nevicava di nuovo.

– Mi ha detto Carla che saranno venuti sì e no quattro fiocchi…

– Sai, no, che tuo padre, quando nevica, la macchina non la muove... – aveva tenuto a precisare alzando gli occhi al cielo, palesando così in maniera plateale la sua disapprovazione per quella che riteneva una mania senza alcun fondamento logico.

– Comunque stasera vado a cena con Carla: Diego si è trasferito allo Gnocchetto, e andiamo a vedere come ha messo su il nuovo ristorante.

– State attente che lassù la strada è ghiacciata di sicuro. Con tutta quest'acqua che cola...

Ero subito filata a mettere gli scarponcini, per andare con papà a fare un giro fra le vigne innevate. Di ritorno, all'imbrunire, avevo dovuto accontentare mamma, che voleva a tutti i costi che andassi a trovare la Luisa, e mi aveva fatto giurare e spergiurare di non dirle assolutamente che ero salita anche la settimana precedente: se lo avesse saputo, dal momento che avevo trascurato di farle visita, ci avremmo fatto una pessima figura tutti quanti. Io, in quanto insensibile e cafona, loro di riflesso. In virtù di una proprietà transitiva del bon ton, e del suo rovescio, formulata da mia madre in base a non si sa che, ed estesa con zelante solerzia a tutto quanto il parentado. Per la stessa ragione, ovvero fare "bella figura" io, e farla fare a loro, mi aveva messo in mano un pacchetto di anicini da portarle. Sicuramente frutto di riciclo, visto che la carta ne dichiarava la provenienza da una pasticceria di Acqui: doveva senz'altro averglieli regalati la Vilma quando era passata da loro qualche giorno prima assieme al figlio che l'aveva portata al camposanto. Scelta peraltro infelice, considerato che a nessuno di noi Morbelli gli anicini sono mai piaciuti...

Così, sebbene controvoglia, mi ero diretta dalla cugina acciaccata che, col braccio al collo, offrendomi il solito Crodino propinato a tutti i suoi eventuali ospiti dopo le cinque di sera, mi aveva relazionato per bene in merito alla sua disgrazia, ripetendo a menadito un copione che doveva essere andato per la maggiore nelle ultime settimane: il «dolore al cuore» da cui aveva capito l'entità della frattura, l'incompetenza dei medici «troppo giovani», l'ingessatura eccessivamente pesante, quanta fatica facesse a fare i lavori di casa, il fatto che non riuscisse a dormire per l'ingombro del gesso, e via di questo passo. Naturalmente era certa che l'osso si sarebbe attaccato male, visto che la dottoressa che aveva visto la radiografia, e di conseguenza stilato il referto, aveva un tatuaggio sul polso e portava le unghie laccate: segno inconfutabile di scarsa professionalità…

Ero riuscita a scappare un po' prima delle sette e mezza, arrivando a casa giusto in tempo per cambiarmi. Carla era passata a prendermi alle otto: aveva fatto anche un salto dentro a salutare i miei, chiusa in un cappotto attillato grigio chiaro con i polsi e il collo di lapin. Il nuovo locale di Diego era completamente differente da quello che aveva prima, il Roma: più piccolo e accogliente, con un caminetto in angolo e il forno per le pizze a vista. L'arredamento era rustico e le tovaglie gialline, poco più chiare delle pareti, davano un tocco di calore aggiuntivo all'ambiente. Dentro, la solita varia umanità: una tavolata di camperisti, ridanciana e vociante, un paio di coppie anziane, con i capelli bianchi e il vestito della domenica, i soliti avventori di passaggio, attirati forse dalla foggia dell'edificio, molto simile a una baita alpina. Ci eravamo sedute in uno dei pochi tavoli liberi, vicino alla finestra, e subito era arrivato Diego con i menù.

– Che vi porto, belle donne?

– Hai dei vini nuovi?

– C'è un bel nebbiolo…

– Sai che di te ci fidiamo…

Mentre andava a prelevare la bottiglia da una credenza di noce massiccio ci eravamo rapidamente consultate in merito alla scelta dei piatti, e ci eravamo risolte a ordinare un carpaccino con i carciofi e il bollito misto, uno dei vanti del cuoco.

– Alberto, l'hai più sentito?

– Sì, mi chiama spesso. Ma soprattutto ci scriviamo per mail...

– Bello il tuo vestito rosa, il pizzo nero allo scollo e agli orli ci sta d'incanto.

– Saldi di Alessandria. A dire il vero saldi per modo di dire: costa un mezzo capitale.

Complice la nuova *liaison* che coltivava, e la dieta che finalmente funzionava, Carla era diventata un'autentica, e gioiosa, macchina da shopping.

– Pensavo di scendere a trovarlo, magari fra un paio di settimane...

– Gliel'hai detto?

– Più o meno accennato.

– E lui?

– Contento. Almeno mi pare.

Però non sembrava del tutto convinta. Intanto avevamo fatto fuori il carpaccio, debitamente spolverato di pepe "creolo" e appena spruzzato di limone prima di essere condito con l'olio del Garda affidatoci in un'ampolla, quasi fosse una reliquia, dal nuovo cameriere: un moretto agile e svelto, anche lui in tenuta *total black* come il principale.

Subito dopo era arrivato il complesso apparato del bollito. Un vassoio stracolmo di carni miste, ancora stillanti gli umori del brodo: dal cotechino alla maschetta, dalla gallina alla lingua, e poi scaramella, tenerone, testina, financo la coda. E poi un'altro vassoio con le verdure al vapore: carote e cipolle, zucchine e cavolfiore, broccoletti e broccolata, bietole e spinaci... E ancora una quantità di ciotole e coppette con dentro tutto quanto possa e debba accompagnare il lesso. Quelle ce le aveva portate il cuoco in persona, con un lungo grembiulone bordeaux sopra il classico completo bianco, illustrandocene provenienza e adeguatezza rispetto ai diversi stalli:

– Qui abbiamo un po' di salsa rossa, piccantina, e del *cren*…

– *Cren*?

– Dai, Nadia, è il rafano… è una salsa fatta col rafano!

– Ah, sì, è vero: non mi ricordavo nemmeno più che esistesse… L'ultima volta che l'ho mangiata dev'essere stato da bambina…

– Questa è salsa al miele, e quest'altro è miele al peperoncino: a dire il vero negli accompagnamenti tradizionali non c'è, però l'ho assaggiato da un produttore e devo dire che ha un certo successo. La *cugnà* è della Cascina dei Merli: la fanno solo col mosto di barbera…

– È da una vita che non ci andiamo, dai Merli: bisogna davvero farci un passo a prendere un po' di vino, oltre che la *cugnà*, ovviamente…

– E poi c'è il solito *bagnet* e la mostarda. Fine!

La mostarda: l'ho sempre considerata una grandiosa fregatura… Fin da piccola mi ha attirato per i suoi colori lucidi, ora vividi: le ciliegie, le albicocche, il mandarino… ora tenui: il fico, la pera… Ma il sapore non è mai stato all'altezza delle mie aspettative: troppo piccante per una lucentezza che ingannevolmente ricorda la frutta sciroppata…

Avevamo preso ad assaporare quelle carni tenerissime, sperimentando tutti i possibili abbinamenti.

– Alla fine siamo andate a vedere la casa…

– Quale casa? Scusa, mi sono persa qualcosa?

– Quella di Amin, il ragazzo che è finito giù dalla finestra…

– Tu sei scema! Ma ti rendi conto?

– Ci sono andata con Kadigia, la sorella…

– Non sarete mica entrate, vero?

– Abbiamo staccato i "sigilli", che poi erano del semplice nastro adesivo…

– Allora non sei solo scema, sei pure pericolosa! Pericolosa e incosciente! Vabbe' tu, che se ti beccano i celerini il tuo capo ti si tiene pure anche se non sei più "incensurata", visto il culo che ti fai. Ma quella crista è qui con un permesso di soggiorno! Roba che se l'acchiappano la rispediscono in Senegal che manco se ne accorge!

– Nigeria! È nigeriana, non senegalese...

– Be', la rispediscono comunque. Con un bel foglio di via! Ma ti rendi conto?

– Ritengo che la polizia, di questi tempi, abbia cose ben più urgenti da fare che tenere d'occhio due disgraziate come noi. Peraltro nemmeno al "caso" di Amin ci stanno tanto dietro... Ottima la lingua! E la salsa verde è proprio agliata al punto giusto. In certi posti la fanno tanto moscia...

Carla, con un ben percepibile senso di colpa, considerata la notoria ipercaloricità della mostarda, aveva iniziato a tagliare in fettine sottilissime un fico. Stava portandone una alle labbra, poi non aveva più resistito:

– E com'era? Dico, la casa com'era?

– Non saprei se mi ha fatto più schifo o più tristezza. A pensare che c'è gente costretta a viverci, in simili tuguri...

– Come Amin?

– Non ne sarei così sicura...

– La polizia sì, però, a quanto pare...

– Hanno trovato lì della roba che credono sia la sua: sacco a pelo, vestiti, perfino uno spazzolino da denti. Però non c'era sapone. E neppure niente per farsi la barba, a quanto mi risulta. Abbiamo chiesto anche ai vicini: non l'avevano mai visto.

– Vicini?

– Sì, dei senegalesi che stanno al secondo piano: persone per bene, mi pare... Naturalmente clandestini: si sono eclissati subito dopo il fattaccio per evitare i poliziotti. Che pertanto non hanno potuto sentire la loro, di versione.

– Visto che alla fine c'entrano anche i senegalesi?

Avevo riso.

– Sei proprio cretina! Certo che c'entrano i senegalesi: Genova pullula di senegalesi! Altrimenti come farebbero ad andare avanti le imprese edili?

– E che dicono i senegalesi?

– Dicono che se Amin ci avesse abitato, lì, lo avrebbero saputo di sicuro.

– E chi ci avrebbe abitato, invece?

Iniziavamo a essere strapiene.

– Il cotechino non lo assaggi?

– Non potrei, però…

Carla non era riuscita a resistere nemmeno in quel caso, e aveva inforchettato decisa la rondella rosea di insaccato, pappandosela in un lampo.

– A detta di Karim, il senegalese con cui abbiamo parlato, lì non ci abitava nessuno. Né lì né nell'appartamento di fronte… E a dirti la sincera verità, dopo averlo visto, che lì non ci abitasse nessuno ne sono convinta anch'io: c'era un dito di polvere dappertutto, sulle pentole, sui piatti, sul bicchiere. E in compenso niente spazzatura. Nemmeno una lattina di birra vuota, una bottiglia d'acqua, un cartoccio di latte finito, o a mezzo… Nessuna traccia di dentifricio, o di sapone sulla ceramica del lavabo. Nel cesso l'acqua era stagnante e limacciosa come se nessuno avesse tirato la catena da un sacco. Sembrava un appartamento chiuso da vent'anni. O giù di lì…

– Guarda che è ben strano: uno, forse perfino due appartamenti sfitti nei vicoli! Calcolando che quelli son miniere di oro "nero"…

– Già: nero come la pelle degli inquilini, e nero come i soldi che si intascano i proprietari: esentasse che è un piacere!

– Che schifezza, eh?

– Proprio 'na schifezza…

Era avanzato, nostro malgrado, qualche rimasuglio di bollito, e un po' di verdura, costrette da una sazietà prossima a indurci all'esplosione. Sorridente e complice, Diego aveva portato via i pochi avanzi e ci aveva chiesto se volevamo del dolce.

– Per carità! – avevamo risposto all'unisono.

– Un po' di grappa, allora?

– Quella sì. Amabile però!

– Gualco o Barile?

– Per me Barile, se non me la metti uno sproposito…

– Per me Gualco. Alla liquirizia.

Avevamo continuato il discorso sorseggiando la grappa dai bicchierini bombati.

– E allora le cose come sarebbero andate, secondo te?

– Non saprei proprio… La casa potrebbe essere stata usata per sistemarci provvisoriamente gente di passaggio, come le due all'ultimo piano. Ma in quelle pare che ci piova dentro, per cui non è facile affittarle altrimenti. Ad ogni modo, com'è che poteva aver trovato il contatto, che a Genova c'era stato una volta sola, e non conosceva nessuno?

– Magari tramite un connazionale…

– Forse, invece, in quella casa non ci stava davvero nessuno: secondo Karim, Amin potrebbe aver forzato la porta per trovare riparo dal freddo, per dormirci una notte. Però non sta in piedi: perché non è andato dalla sorella? E se pure a sua sorella non avesse voluto farglielo sapere che veniva in Italia, perché uno che ha una ricca borsa di studio di un'istituzione prestigiosa dovrebbe mettersi a fare lo scassinatore quando potrebbe stare in albergo?

– Perché era clandestino…

– Vuoi che nei vicoli non ci sia una pensione compiacente che soprassiede sulla richiesta dei documenti? Comunque la porta non era forzata, e dentro ci hanno trovato le chiavi. E la finestra aperta.

– E allora?

– Boh!

– Ma come mai uno così è entrato in Italia clandestinamente? Bastava chiedere il visto all'ambasciata... Figurati se non glielo davano!

– Questo è un altro mistero! E poi cosa ci è venuto a fare?

– Mi hai detto che in casa hanno trovato dell'*hashish*...

– Che fosse uno spacciatore, ti giuro, non ci credo proprio.

– Non si può mai dire... Anche se è più facile pensare che, nel caso, un medico spacci roba di altro tipo, roba che ci si procura nelle farmacie degli ospedali. Senza sporcarsi troppo le mani con frequentazioni losche.

– Vedi che mi dai ragione? Vedi che è un gran casino?

Ci eravamo alzate per andare a fare i complimenti in cucina, e per pagare. Avevamo continuato il discorso sotto la loggia, nell'aria pungente, al chiarore fioco della luce che trapelava dalle tendine del ristorante e delle nostre sigarette accese.

– Bisognerebbe capire di chi è la casa. O "le" case.

– Perché, pensi che il padrone ti racconti la rava e la fava dei suoi inquilini illegali? Ammesso e non concesso che ne sappia qualcosa.

– Però anche solo sapere chi è il proprietario potrebbe farci fare qualche passo avanti...

– Be', vista la tua attuale intensa frequentazione di architetti d'alto bordo, potresti sfruttare l'occasione e farti fare una visura catastale...

– Ma lo sai che mi hai dato una bella idea? Quasi quasi lunedì lo vado a chiedere a Petracci!

Dodici

Il lunedì successivo, dopo averci pensato su tutta la mattina, in gran parte trascorsa a tentare invano di risolvere in maniera indolore la grana dei fascicoli rilegati al contrario, alla fine mi ero decisa e avevo telefonato a Prini. O almeno ci avevo provato, visto che non c'era stato verso che me lo passassero. Evidentemente quella era una giornata no, e avrei dovuto rassegnarmi: la cosa migliore era senz'altro aspettare in apnea che finisse, che venisse finalmente l'ora di tornarmene a casa dove avrei fatto un bel bagno bollente e mi sarei ficcata subito sotto le coperte, disposta perfino a saltare la cena pur di non rischiare di incappare in altre rogne, sicuramente in agguato.

Mentre sbocconcellavo una mela davanti a un'orda di virgolette semplici e doppie restie a trovare una loro giusta collocazione, ancora incerta se scendere o meno a prendere qualcosa di caldo sfidando quel gelo polare che c'era fuori, mi aveva chiamata.

– Dottoressa, come va? Mi hanno detto che stamane mi ha cercato… Tutto bene, vero?

– Mah… Sì… diciamo bene. Anzi no: una vera giornataccia!

– Sono contento di sentirla. Sarà passato quasi un anno dall'ultima volta che ci siamo visti…

– Più o meno sì, mi sa…

– A cosa devo l'onore? Non si sarà mica ficcata in un altro guaio, vero? *Ahhrr ahrr!*

Aveva riso nel solito modo cavernoso, alla Gambadilegno, ma si capiva benissimo che era perplesso. O imbarazzato. Forse la mia telefonata l'aveva infastidito: ero tentata di chiuderla lì, con una scusa.

– No, no: non si preoccupi. Volevo solo salutarla, sentire come stava…

Non dovevo essere stata molto convincente: all'altro capo del filo avevo sentito distintamente una porta che si chiudeva, e lo scatto di un accendino.

– Ma fuma? Non mi pareva che lo facesse, prima…

– *Ahhrr ahrr…* Ma non le si può proprio nascondere niente, a lei: ha proprio la stoffa del poliziotto! In effetti ho ripreso da qualche mese… Sarà almeno la terza volta che cerco di smettere. Senza risultato.

Ora il suo tono era più disteso, così mi ero fatta coraggio:

– A dire il vero una cosetta ci sarebbe, che vorrei discutere con lei. Se ha qualche minuto…

– Guardi, è una giornataccia anche per me: una questione di merce contraffatta di cui non si riesce a venire a capo. È da almeno una settimana che mi sta facendo ammattire! Però si potrebbe prendere un aperitivo assieme, che ne dice?

Mi aveva preso in contropiede: mai più avrei immaginato…

– Va bene… Si può fare…

– Potremmo vederci per le diciannove da Mangini: dovrei riuscire a liberarmi, per quell'ora…

– Okkei, alle sette da Mangini. La lascio tornare ai suoi grattacapi…

– Allora a dopo!

– A dopo!

Ero confusa. Com'è naturale che accada quando emergono scomodi fantasmi da un passato non troppo lontano. Ed ero anche pentita di averlo cercato: non sapevo se poi avessi quella gran voglia di rivederlo. Quell'invito, del tutto imprevisto e inatteso, mi aveva sconcertato; pensavo di risolvere la cosa con quattro chiacchiere al telefono, di togliermi qualche dubbio in maniera indolore. Soprattutto impersonale, senza coinvolgimenti ulteriori; mettermi la coscienza in pace, e buonanotte. Invece, con quella stupida telefonata avevo sortito esattamente l'effetto contrario: mi era preso a girare qualcosa nello stomaco, come quando ti rinviene la peperonata, che pensi di averla digerita e invece no, ti torna su nel bel mezzo della mattina successiva a guastarti il cornetto della pausa caffè. Un'inquietudine sorda e insidiosa mi aveva accompagnata per il resto del pomeriggio, facendo da contrappunto a una serie di operazioni sufficientemente di routine da non esigere da parte mia troppa concentrazione. Poi, per fortuna, Gian Paolo era fuori tutto il giorno, in missione a Torino per la firma di un grosso contratto che senz'altro avrebbe portato con sé anche grosse seccature, trattandosi di una collana di traduzioni testo-a-fronte dalle lingue più bizzarre e improbabili, sovente scritte in caratteri altrettanto bizzarri e improbabili. Però dietro c'erano finanziamenti cospicui e questo, per il capo, aveva il potere miracoloso di far svaporare in una soffice nuvola rosa ogni eventuale dubbio, o riserva.

Verso le cinque e mezza Marcello era andato a prendersi un panino e mi aveva portato un tè caldo, aromatizzato al gelsomino. Niente di che, per carità… però era bastato a riaggiustarmi l'umore. Quello di Marcello, invece, era rimasto nero come prima, anzi, peggio. Aveva fatto fuori la ciabatta pomodoro-mozzarella in quattro morsi e aveva aperto la lattina di birra riuscendo a farsela schizzare sui calzoni.

– Hai il *belino* inverso?

– Neanche tu mi sembri *guei* su di morale…

– No, è che il pasticciaccio dei fascicoli capovolti mi ha proprio sfinita. Poi oggi mi è anche venuta l'idea geniale di chiamare il vicequestore per quella faccenda del tipo che ho trovato morto qui sotto...

– Non so, anche tu, che voglia di prenderti certe brighe... Io ho la Sara che mi rompe le balle dalla mattina alla sera: oggi mi ha telefonato cinque volte.

– Come mai?

– Vuole che andiamo a stare assieme...

– E tu?

– Non mi passa neanche per l'anticamera del cervello!

– Non ti do tutti i torti...

– È che lei c'ha sua madre che è una rompiballe pazzesca. Vuole togliersi di casa...

Chiacchierando di madri invadenti e figlie ansiogene, di appartamenti microscopici e dei piccoli piaceri che sa donare una vita da single, si erano fatte le sei passate: giusto il tempo per riguardare un'ultima volta l'impaginato che avevo finito di correggere e dare una ritoccatina al trucco. Alle sette meno un quarto ero uscita, lasciando Marcello ancora alle prese con le distinte dei pacchi che l'indomani sarebbero dovuti partire per Bari.

Aveva smesso di piovere da poco, e sembrava che facesse anche meno freddo. Avevo percorso una via Garibaldi quasi deserta, con le poche vetrine illuminate che specchiavano le loro luci sulle lastre del selciato ancora lucide di pioggia. In piazza Fontane Marose avevo imboccato salita Santa Caterina, anch'essa lucida e semi-deserta, e in quattro e quattr'otto mi ero ritrovata davanti al bar, con cinque minuti d'anticipo. Lui era già là, intabarrato in un paltò scuro, con un mozzicone di sigaro fra le dita. Che si era affrettato a buttare non appena mi aveva visto attraversare la strada.

I convenevoli erano stati spicci, giusto un bacio formale sulla guancia, ed eravamo subito entrati nel tepore soffuso di aromi di pasta di mandorla e fiori d'arancio che pervadeva il locale, rimasto com'era alla fine dell'Ottocento. I tavoli erano quasi tutti occupati, ma la distanza fra l'uno e l'altro consentiva comunque una certa riservatezza. Il cameriere, in livrea candida e guanti bianchi, ci aveva accompagnato verso la saletta un po' in disparte dove era solito sedere Sandro Pertini, il Presidente-partigiano, a prendere il caffè, o a sorseggiare un calice di bianco. Era tornato subito dopo con la lista: nel frattempo ci eravamo liberati dei rispettivi cappotti che con cortese discrezione ci erano stati sottratti e riposti in guardaroba. Io facevo fatica a mascherare il sottile imbarazzo che mi aveva preso, e mi impacciava parole e movimenti. Prini, al contrario, aveva gli occhi illuminati da un divertito stupore, come potrebbe averli un bimbo che va al circo per la prima volta. Si era portato la mano alla cravatta, di un bel rosso spento, stile kennediano:

– Posso?

– E ci mancherebbe!

L'aveva allentata appena, mentre il cameriere si era di nuovo materializzato, in silenzio, di fronte a noi:

– Avete già guardato la lista? Posso consigliarvi?

– Volevo chiederle: siamo ancora in stagione per il vostro cocktail al mandarino? So che lo fate per Natale…

– Ma certo signorina! Due?

– No, per me un Negroni, grazie.

Una coppa di patatine, un piattino di salatini tiepidi, un altro di tartine. Che è poi esattamente quello che ci vuole per un aperitivo, a dispetto degli strabordanti buffet che oggi vanno tanto di moda…

Mi era uscita di bocca una frase stupida, tanto per rompere il ghiaccio:

– È stato gentile a venire fin qui. Per lei è un po' fuori mano…

– No anzi… è sulla strada di casa!

– L'ultima volta, se non sbaglio, mi aveva parlato di un attico in Albaro con tanto di terrazza e gatta annesse…

– Caspita che memoria! Davvero, se decidesse di entrare in polizia farebbe una carriera fulminea! In verità ho cambiato casa da qualche mese. Da quando io e Susanna non stiamo più assieme. Ho acquistato un appartamento più piccolo, sulla spianata di Castelletto.

Aveva abbassato lo sguardo, come perduto nella brillantezza arancione del mio *Merry Christmas.*

– Mi spiace…

– Spiace anche me, davvero tanto…

Gli avevo posato una mano sulla spalla: aveva sorriso, solo un poco ma aveva sorriso. Poi aveva preso un sorso di Negroni. L'avevo imitato.

– Non sa cosa si perde! Lo fanno solo un paio di mesi all'anno…

– Preferivo qualcosa di più forte… Ma ora mi dica, che sono curioso: cosa mi voleva chiedere?

– È che un tre settimane fa, uscendo dal lavoro, nel vicolo c'era un ragazzo morto…

Aveva strabuzzato gli occhi.

– Ma allora lei è una vera e propria calamita per i guai!

– Lasci perdere…

– Immagino che avrà immediatamente chiamato il 113, vero?

– Non si preoccupi, l'ho fatto. Anzi l'ha fatto il mio capo.

– Bene! E allora? Cos'era successo? Deve essere un caso in carico alla mia collega, la Casati… Io non ne so nulla.

– Immaginavo… Altrimenti, con tutta probabilità, si sarebbe fatto vivo… Comunque io e Gian Paolo abbiamo parlato solo con un commissario. Mi pare un tal Manzini. O Manzetti.

– Le hanno fatto dei problemi?

– No, si figuri! Anzi, sono stati gentilissimi. Soltanto c'è qualcosa che non mi convince...

– Non mi dica che ci siamo daccapo!

Aveva finito il Negroni e se ne era fatto portare un altro, ordinando un secondo giro anche per me.

– Le spiego: a quanto ne so il caso sta per essere archiviato come suicidio. O come incidente, non ho ben capito. Dicono che si sia buttato, o sia caduto, dalla finestra sotto gli effetti della droga. Era clandestino.

– Non mi sembra un affare complicato: di vicende del genere ce ne capitano almeno una al mese.

– A dire il vero i fatti sono un tantinello più complessi...

– Con lei dattorno non ne dubitavo... *ahhrr ahrr*!

– Vede, il ragazzo, nigeriano, era un clandestino, diciamo, un po' particolare...

– Ovvero?

– Si era laureato in Medicina a Parigi, alla «Pierre et Marie Curie», non so se mi spiego, e poi si era specializzato in endocrinologia. Quando è finito giù dal balcone stava usufruendo di una borsa di studio per una ricerca sugli effetti collaterali dell'interferone... Le basta come definizione di "clandestino un po' particolare"?

– Ma tutte queste cose come fa a saperle?

– Niente... me le ha dette sua sorella. Ah, e se non bastasse, secondo lei gli effetti personali che sono stati ritrovati in casa, e che le hanno restituito, non erano nemmeno del fratello: i pantaloni e le due camicie erano di una taglia diversa dalla sua...

– Sua sorella? E lei come fa a conoscerla?

– È stato un caso, diciamo... Studia Lingue qui all'Università.

– Ommadonna santa!

Si era passato una mano sugli occhi, stropicciandoseli con energia.

– Lo sa che rischia di cacciarsi in un bel pasticcio? Se la cosa arrivasse mai alle orecchie della Casati, che è una burocrate fatta e finita, un'accusa di turbativa delle indagini non gliela toglierebbe nessuno!

– E le dirò di più: Kadigia non lo sapeva neppure che suo fratello era a Genova. E poi, sinceramente, che un medico di buona famiglia, con una borsa di studio di oltre duemila euro al mese, sia implicato nello spaccio di droga mi sembra proprio impossibile.

– Ah, bene! C'è pure di mezzo la droga! Siamo proprio a posto!

– Nell'appartamento dove secondo loro, anzi, secondo voi avrebbe abitato Amin hanno trovato una decina di pani di *hashish*. Ma è ovvio che lui non c'entrava...

Si era letteralmente catapultato in bocca un salatino cosparso di scaglie di mandorla. Era la prima cosa che prendeva dai piattini che avevamo davanti. Avevo fatto lo stesso anch'io, un po' compiaciuta dello sconcerto in cui era precipitato. Ovviamente avevo taciuto del sopralluogo che io e Kadigia avevamo fatto sulla presunta scena del crimine, altrimenti avrei finito sicuramente col vedere le mie indagini ostacolate, se non addirittura definitivamente bloccate.

Aveva allungato una mano verso la sola tartina al salmone presente nel piatto. Poi ne aveva preso una gamberetti-asparagi, forse per lasciare l'altra a me. Che ne avevo subito approfittato.

– Bene! In tutto questo po' po' di trambusto che è riuscita a tirar su, io che dovrei fare?

Mi si era allargato il cuore: ero riuscita a coinvolgerlo quel tanto che bastava perché mi desse una mano.

– Non è che potrebbe, con la circospezione e il tatto che le sono propri, informarsi presso la sua collega sull'andamento delle indagini? Magari chiederle, con tutto il rispetto del caso, come cazzo è possibile che un giovane ricercatore apprezzato in campo internazionale decida di mettersi a fare lo spacciatore e poi, non contento, si *imbelini* giù dal quarto piano?

Aveva riso, *ahhrr ahrr*, poi si era diretto al banco a pagare. Eravamo gli ultimi avventori e uno dei camerieri si stava apprestando a calare le saracinesche delle vetrine che davano su piazza XII Ottobre. Un altro si era affrettato ad andare a prendere i nostri cappotti e ci aveva aiutato a indossarli. Un attimo dopo respiravamo l'aria fredda di quella sera umida e buia.

– Le prometto che cercherò di informarmi, appena me ne capiterà l'occasione.

– Ma lo sa che sono proprio contenta di avere di nuovo a che fare con lei?

– Anch'io...

Con la coda dell'occhio avevo scorto in arrivo l'autobus che mi avrebbe portato quasi sotto casa.

– Il 18! Scappo! Si faccia sentire!

– Senz'altro. A presto!

Una volta salita, col guanto avevo pulito la condensa che appannava uno dei finestrini e lo avevo salutato con la mano, guardandolo allontanarsi pian piano, con le mani in tasca, attraverso il vetro imperlato delle gocce di pioggia che aveva ripreso a cadere.

Tredici

L'indomani, all'uscita dal lavoro, ero andata dalla Jole, la signora a cui ormai da anni mi rivolgevo per piccoli lavori di cucito, per la precisione da quando mia madre aveva espresso con chiarezza, in maniera perentoria, la sua indisponibilità a tirarmi su gli orli a gonne e vestiti che, in quanto neri o scuri, tendevano ad affaticarle troppo la vista. La Jole era una bella signora mora sulla sessantina: non dimostrava i suoi anni, però, ben truccata e con la piega fatta come abitualmente si presentava. Poi era sempre elegante, perlopiù in pantaloni su cui indossava magliette e maglioncini spesso sberluccicanti di strass e paillettes. E alle scarpe con un po' di tacco non rinunciava mai.

Aveva avuto per anni una merceria in riviera, a Varazze, fornitissima di nastri, bottoni, passamaneria e decori vari, nonché di perline e pizzi preposti soprattutto alla confezione di abiti da sposa. Il negozio lo aveva lasciato alle figlie una decina d'anni prima, quando sua madre era rimasta vedova e, vista la salute traballante e una flebite che non le consentiva quasi più di uscire, aveva richiesto cure più assidue, ma soprattutto un po' di compagnia. Lei vedova lo era da anni, praticamente da sempre, e aveva *sacrinato* non poco a tirar su le due bambine portando avanti, e bene, l'attività che dava a loro tutte da mangiare. Sono certa, considerato il suo temperamento frizzantino, che nel frattempo avesse avuto anche degli uomini, anzi, non pochi, ma sempre in maniera discreta, evitando che le relazioni più o meno durature andate succedendosi nel corso degli anni interferissero anche in maniera soltanto episodica, o marginale, con il suo *ménage* familiare.

Però senza far niente non ci sapeva stare, così aveva affittato una botteguccia alla Maddalena e, con buon gusto e una certa dose di fantasia, sfidando ogni legge volumetrica, e fors'anche varie normative edilizie, ne aveva ricavato un piccolo laboratorio, soppalcato, con tanto di camerino di prova, piccola stireria e un microbico salottino d'attesa, equipaggiato di tavolinetto, due poltroncine e una pila di riviste "femminili". Così era nato *Tagli e ritagli*, che in un batter d'occhio era diventato uno dei più vivaci poli d'attrazione del quartiere. Ci andavano tutti, ma proprio tutti: la signora "bene" per fare riattare il capo di pregio non più al passo con le mutevoli tendenze della moda, le ragazzine per fare stringere l'abitino di Liu-Jo acquistato a pochi soldi in un saldo "estremo" ma più grande di una taglia, il pensionato vedovo o l'impiegato single che avevano bisogno di accorciare i calzoni, o di allargarli un pochetto, avendo preso qualche chilo tutto concentrato nel giro-vita, le giovani madri che, tra lavoro, marito, figli, di tutto avevano voglia meno che di mettersi ad armeggiare con ago e filo.

Ma ci si andava anche solo per fare due chiacchiere, per informarsi della salute dei vicini, o dei mutati assetti del panorama commerciale dei vicoli. Vuoi sapere che fine ha fatto la *besagnina* delle Vigne? Vai dalla Jole. Non sai dove comperare del cumino, un *platano*, o il cardamomo che la ricetta letta su *Grazia* impone come essenziale alla realizzazione del piatto che intendi preparare per i tuoi ospiti del sabato sera? Vai dalla Jole. Devi acquistare una pinza per rivetti, il prodotto con cui pulire il marmo, uno smacchiatore per il camoscio delle scarpe che hai sporcato di non si sa cosa la prima volta che le hai indossate? Vai dalla Jole. Perché la Jole sa vita, morte e miracoli del variopinto mondo che anima quella parte di centro storico: a chi ha ceduto il negozio il vecchio calzolaio, dove ne hanno aperto uno nuovo. Chi ha rilevato il ferramenta, e cosa tiene, o non tiene più. Dove si è trasferito il tabacchino, o a chi puoi rivolgerti per fare qualche *tapullo* in casa, naturalmente in "nero".

Sicché dalla Jole c'ero andata anch'io, per vedere se sapeva darmi qualche informazione su quello *scito* sfigato, e sui suoi proprietari. Quando ero entrata, facendo tintinnare il piccolo girotondo di cannucce di vetro variopinto appeso sopra la porta, era inginocchiata sul vecchio tappeto di lana arabescata steso sul pavimento del "camerino" lasciato aperto, intenta a riprendere con gli spilli, che in parte teneva fra le labbra, in parte aveva appuntati su un cuscinetto di velluto rosso legato al polso, le maniche di un cappotto nero indossato da una tizia suppergiù della mia età. Le baste lasciavano intendere che era stato sciancrato in vita, fornito di un'alta martingala fissata con due bottoni-gioiello e guarnito all'orlo di una bordura di visone marrone scuro. Si trattava, da quanto mi era parso di capire dall'ultima coda di una conversazione colta a mezzo, di un residuato d'altri tempi, trovato in fondo all'armadio di qualche nonna o zia, che la qualità della lana e i rigori di un momento di crisi generalizzata avevano evidentemente suggerito di non archiviare a cuor leggero nel cassonetto dell'indifferenziata, o in quelli, più solidali, della Caritas.

– Ciao, Jole, vedo che hai da fare: vuoi che ripassi più tardi?

– No, stai, stai, che qui abbiamo finito. Mi sa, signorina bella, che deve tornare un'altra volta, prima di mettere la fodera: c'è ancora il giro-maniche che non mi convince: mi pare faccia difetto dietro…

– Quando posso venire?

– Dopodomani. No, meglio venerdì. Facciamo venerdì. Nel pomeriggio.

La tipa si era sfilata il cappotto facendo attenzione a non far saltare gli spilli, aveva rimesso su il suo piumino e se n'era andata sorridente, salutandoci entrambe con la cordialità che in genere accompagna chi è appagato e soddisfatto.

– Cos'è che mi hai portato stavolta?

– Oggi niente, anche se dal comò della prozia ho riesumato un paio di camicie da notte di lino con trine e merletti che pensavo di riutilizzare in qualche maniera…

– Potremmo farci due vestitini estivi: se sono come penso, togliendo le maniche e magari scollandole a canotta, o all'americana, verrebbero un bijou. Ovviamente andranno strette in vita.

– Veramente son passata per dell'altro. Volevo chiederti una cosa…

Si era accomodata su una poltroncina, prendendo da un attaccapanni una gonna imbastita. Aveva infilato l'ago e si era messa a cucirle l'orlo.

– Ce l'hai presente il palazzo del vicolo qui a fianco? Quello da cui si è buttato giù un ragazzo qualche settimana fa? Il 17, subito dopo il magazzino di Ginetto…

– Certo che ce l'ho presente, perché?

– I proprietari li conosci? Sai chi sono?

– Vuoi comprar casa? Guarda che sono delle catapecchie!

– No, no… per caso, ho conosciuto la sorella del morto, e si chiedeva come mai suo fratello fosse finito lì.

Aveva interrotto il lavoro e si era tolta gli occhiali, lasciandoli penzolare dalla catenella dorata che portava al collo.

– Allora, fammi pensare: i primi due piani devono essere di quello che ha il negozio di verdura in Campetto. Tutto sommato *fino* uno a posto… Sopra non so, quelli che ci stavano hanno venduto sarà vent'anni fa. Non ho idea a chi. All'epoca io stavo a Varazze…

– Il quinto. È il quinto piano che mi interessa: era lì che stava.

– Al quinto ci abitava l'Esperia; mia madre la conosceva bene. Suo marito, Battista, l'avrai senz'altro visto anche tu: un signore alto e magro come un *picco*, col naso affilato, sempre vestito di grigio. Era spesso nella farmacia del figlio, in via Balbi.

Pur sforzandomi, non riuscivo a ricordarmelo. Eppure in via Balbi ci avevo passato una vita, fra università e dottorato... Avevo un ricordo vago della farmacia, vecchia e polverosa, con i classici vasi di ceramica antichi o pseudo-tali in bell'ordine su uno scaffale in legno massiccio con tanto di orologio incorporato, fermo da chissà quanto. Ma di lui no, niente.

– Ma lo sai che non ce l'ho proprio presente? Nebbia fitta. E ci viveva anche lui, il figlio, al 17?

– Tommaso? Figurati! Appena ha potuto è andato a stare in Castelletto. Però ci è cresciuto.

– Che gente era?

– Battista aveva fatto le commerciali, e aveva iniziato a tenere i conti da uno spedizioniere che aveva uno *scagno* nel porto, a cui è poi subentrato rilevando il tutto.

– Ti spiace se fumo una sigaretta?

– Figurati, anzi, me ne accendo una anch'io.

– A dire il vero non si potrebbe...

– Non si potrebbe nemmeno stipare dieci marocchini in due stanze chiedendo ottocento euro d'affitto in "nero", però lo fanno. E mi sembra ben più grave.

– Dicevi, di Battista?

– Niente, che i soldi l'ha fatti pian piano, probabilmente trafficando con la roba che arrivava alle Merci Varie: qualche mazzetta, qualche favore al politico di turno, un po' di contrabbando. Così ha fatto studiare il figlio, e ha comprato un bel po' di appartamenti. I più poi li ha venduti per rilevare la farmacia: l'han ceduta cinque o sei anni fa, ma i "muri" sono ancora i loro. Lo stesso vale per lo *scagno* e il magazzino: c'erano troppo affezionati per sbarazzarsene, padre e figlio.

– Della casa che ne è stato, poi?

– Ci ha abitato l'Esperia finché è campata. Poi, a quel che ne so, è rimasta vuota. Ma l'appartamento che dici tu penso che sia quello in faccia, loro pure quello.

– E lì chi ci stava?

– Una mezza cugina. Di Battista, intendo: l'Elettra, più vecchia di lui di una quindicina d'anni. Una poco di buono.

– Cioè?

– Una che si divertiva. Non proprio una bagascia, ma quasi. Suo padre le aveva lasciato qualche soldo e se l'è goduta, fin che son durati. Una volta finiti ha cercato di arrangiarsi come poteva. Era una gran bella donna, coi capelli rossi, agli uomini piaceva. Pensa che nella primavera del '45 è partita con i tedeschi – sai, era l'amante di un ufficiale – ed è ritornata su una camionetta di americani, con tanto di elmetto in testa.

Si era rimessa gli occhiali sul naso e aveva ripreso a cucire. Attorno, gli abiti appesi alle loro grucce sembravano intenti ad ascoltare. Anche loro senz'altro avrebbero avuto una storia da raccontare, piccola o grande che fosse. Perché tutte le cose, tutti gli oggetti, hanno una storia da raccontare, talvolta insignificante talvolta buffa, magari frivola, oppure tragica: basta solo tendere bene l'orecchio, e saperla ascoltare.

– E poi?

– Poi ha sposato uno più giovane: si picchiavano dalla mattina alla sera. Usciva con certi lividi, che si vedevano anche sotto quattro dita di cerone. Lui una volta è finito all'ospedale perché gli aveva spaccato una bottiglia in testa. Avevano un cagnetto odioso che si chiamava Mingo; un chihuahua che lei si divertiva a vestire come fosse un bambino.

– Roba da pazzi!

– Eh, cara mia, sapessi cos'erano i *carrugi*, una volta! C'era di tutto: prostitute, papponi, travestiti. Chi smerciava sigarette di contrabbando e chi vendeva radio rubate, che magari dentro invece dei transistor avevano un pezzo di mattone...

– L'Elettra che fine ha fatto?

– Morta. Di cirrosi. Del resto era sempre ubriaca alla fine.

– E la casa?

– Ci ha abitato suo marito finché non è morto pure lui. Lucido fino all'ultimo, nonostante avesse passato i novanta. Nel frattempo si era risposato con una donna come si deve: lei non lo avrà nemmeno saputo che *legera* fosse stata quella che l'aveva preceduta, altrimenti mi sa che non se lo pigliava mica, l'Armando. Comunque ha sepolto anche la seconda, di moglie.

– Una tempra di ferro! Ma allora, fammi capire: entrambi gli appartamenti sono sfitti da anni.

– Direi proprio di sì.

– Come mai? Voglio dire: perché non li affittano? O non li vendono? La classica lite fra eredi?

– Figurati! L'erede è uno solo: Tommaso. Adesso sarà sui cinquantacinque, più che meno.

– E allora? È matto a tener lì inutilizzato un mezzo capitale?

– Un mezzo capitale... non esageriamo! A venderli ci farebbe su quattro palanche: nel palazzo ci sarebbe tutto da rifare. Se ci metteranno mai mano, è più la spesa di tetto, facciata, scale e portone che il valore degli *sciti*.

– Almeno affittarli...

– Affittarli a persone "normali" non è che sia una cosa facile: chi vuoi che ci vada a stare in un posto così malridotto, in mezzo a immigrati di ogni tipo? E ad affittarli in "nero", a clandestini, un po' di rischio c'è, ti pare? Tommaso è una persona perbene, uno a posto, non so se farebbe certe cose. E poi non ne ha bisogno: la farmacia, in "gioia", deve avergli fruttato un capitale, e in più ha l'introito mensile dell'affitto, e anche quello di un paio di appartamenti in Castelletto.

– E perché ha ceduto la farmacia? Cosa fa? Campa di rendita?

– Non ti so dire di sicuro, ma penso che il farmacista lo faccia ancora, in Svizzera: ha sposato una sua collega di Basilea, piena di soldi, incontrata a un congresso di prodotti farmaceutici. Dicono che l'abbiano aperta là, una farmacia. Anzi, una catena di farmacie.

– Dicono chi?

– Un po' tutti, qui intorno...

– E a Genova ci viene? Spesso, qualche volta, mai...

– Io saranno più di due anni che non lo vedo. L'ultima volta l'ho incontrato al funerale di un suo zio, che era mio *puin*.

– Grazie per la chiacchierata, Jole. Poi ti porto le due camicie. E forse anche una giacca di velluto.

– Non so se ti ho tolto tutte le curiosità: sai, non è più come una volta che stare nei *carrugi* era come stare in un paese. Che ci si conosceva tutti...

– Mi sembra che se non li conosci tutti, poco ci manca... A presto! Ah, scusa, ancora una cosa: com'è che fa di cognome Tommaso, il farmacista svizzero?

– Schiappacasse. Ciao!

– Ciao! E grazie ancora.

Ero uscita nell'opaca umidità della notte incipiente, pervasa da una sensazione prossima a quella che si prova quando si beve qualche bicchiere di troppo: la testa costipata di quell'accavallarsi di vicende di un passato ormai perduto, delle facce che mi ero immaginata le avessero vissute, dei lacci che le tenevano avvinte l'una all'altra, ma nello stesso tempo anche vuota, libera, leggera, tanto da farmi credere di essere lì lì per cogliere quel nesso che mi avrebbe fatto capire, che avrebbe dato una ragione, un ordine, una coerenza ad avvenimenti che apparivano fra loro slegati, incongruenti. Ma appena mi sembrava di poterlo afferrare, quel nesso, sembrava spostarsi un po' più in là. Un po' più in là. E ancora. Fino a dileguarsi del tutto fra il baluginare dei fari delle auto sull'asfalto bagnato.

Quattordici

Il venerdì ero tornata da Petracci. Sarei dovuta andarci il giorno prima, però Gian Paolo aveva spostato l'incontro all'indomani per spedirmi a Balbi dalla Fieschi, la professoressa di dialettologia a un passo dalla pensione, autrice del manuale che tanto ci aveva fatto penare. Il capo ne aveva una paura folle, un terrore che faticavo a comprendere fino in fondo: sì, era senz'altro una donna autoritaria, a prescindere dal fisico filiforme, e passava per essere pure un "pescecane", accademicamente parlando. Anche il suo caratteraccio era cosa notoria, aggravato dall'assoluta mancanza di peli sulla lingua: insomma, la Fieschi era senz'altro una che non te le mandava a dire. Però, almeno in quel caso specifico, non mi pareva ci fosse ragione di paventare intemperanze da parte sua: in fondo il libro le era stato consegnato con solo una settimanuzza di ritardo, appena qualche giorno dopo l'inizio delle sue lezioni, e del fattaccio del fascicolo all'incontrario nessuno le aveva fatto il minimo cenno.

Alla fine era andato tutto benone: la Fieschi mi aveva accolto nel suo studio affrescato in un raffinatissimo tailleur lavanda, con il suo classico doppio filo di perle al collo e il caschetto grigio in ordine perfetto, consegnandomi in una carpetta copia dell'impegno di pagamento stilato dalla segreteria. E non aveva neppure questionato in merito al fatto che il fondo di copertina fosse un po' meno vivace di quanto da lei richiesto: più di così!

Prima di andare da Petracci ero passata a salutare Caterina. Era indaffaratissima, assediata da un paio di docenti e da un nugolo di studenti, tutti agitati per l'imminente inizio dei corsi. Così ero tornata dopo, appena liberatami dall'estenuante *brainstorming* a cui mi aveva sottoposto il prof., ovviamente spalleggiato dal fido Mazzotta.

– Tutto bene?

– Insomma… con l'inizio del semestre è un vero delirio! Sono tutti agitati.

– Com'è andato l'*Amleto* africano?

– La rappresentazione? Non l'hanno mica fatta…

– Nemmeno stavolta? E come mai?

– Guarda, un gran casino! Ma ora non ho tempo di raccontarti.

– Non importa. Intanto la settimana prossima sono di nuovo qui.

Si era alzata a caricare la carta nella stampante. Poi mi aveva fissato per un attimo, con uno sguardo fra l'incerto e il dubbioso:

– Ti va se ci andiamo a mangiare una pizza stasera? Massimo va a giocare a calcetto, e io di qui prima delle sette e mezza non mi libero di sicuro…

– Giocano a pallone con questo freddo? Ma son matti?

– Sai, no, come sono gli uomini?

– Per fortuna che a Valerio il calcio non è mai piaciuto. Nemmeno in tv… Dove ci vediamo?

– Per te va bene al Porto Antico?

– Sì, almeno abbiamo tutte e due l'autobus comodo per tornare a casa. Facciamo per le otto?

– Okkei, per le otto. Magari le otto e un quarto. Sotto il Bigo.

Ero arrivata con qualche minuto di anticipo, e avevo ingannato il tempo soffermandomi a curiosare nella vetrina della libreria ormai chiusa, l'unica cosa allettante di quell'orrido luna park in cui avevano saputo trasformare il cosiddetto Porto Antico. Che di antico, ormai, non aveva quasi più nulla, a parte qualche scampolo di muro dei moli del vecchio bacino, e la mancina ottocentesca su cui aveva lavorato per una vita il padre del mio secondo fidanzato.

Entrambe le pizzerie erano stracolme, cosa che avremmo dovuto facilmente immaginare, essendo venerdì. Così si era optato di ripiegare su una trattoria un po' defilata, a metà di Calata Morosini. Avevamo ordinato due insalate di mare. A seguire, io mi ero presa un trancio di tonno al sesamo, lei una mozzarella di bufala che, le avevano assicurato, proveniva direttamente da Salerno: ne ricevevano una fornitura limitata una volta alla settimana. Giustappunto il venerdì. Mi ero subito pentita di avere ordinato anche il secondo: la porzione del misto-mare era faraonica! Subito dopo era arrivata la caraffa di "vino della casa", che per essere "della casa" non era davvero niente male: un bel vermentino fresco, morbido e solo appena un po' fruttato.

– Così non se n'è fatto nulla dello spettacolo…

– Lascia perdere: un pasticcio, ma un pasticcio che di peggio non si può!

Avrei voluto obiettare che quello di Amin, di pasticcio, era sicuramente peggiore, ma la curiosità mi aveva fatto desistere. Seppie e calamari erano tenerissimi, e le vongole "veraci" belle piene e callosette: avevo fatto bene a non eccedere, col limone.

– E com'è che è andata?

– Sai, no, che era quasi tutto pronto? Te l'avevo detto, la scorsa volta che sei passata. Marcheggiani, d'accordo con Buthu, visto che quei due sono culo e camicia, ha voluto a tutti i costi stringere i tempi, e fissare la data il quattro di febbraio.

– Embè? Non tenermi sulle spine!

– Ovviamente gli attori sarebbero dovuti venire su un due-tre giorni prima, per vedere la sala, per fare un paio di prove… Mi pare fossero di nuovo una trentina, suppergiù.

– E allora?

Mi era arrivato il tonno, ricoperto di semini di sesamo abbrustoliti il giusto e rifinito con quella che avevo capito, dopo averla assaggiata col dito, essere salsa al mirtillo. Non dolce, però.

– Allora la mattina che sarebbero dovuti arrivare, mi pare mercoledì, mi si presenta il prof. a dirmi di stampare dei volantini con su scritto che la rappresentazione teatrale era rimandata «a data da definirsi», in quanto nuovi problemi burocratici avevano impedito agli attori di partire: monsieur Buthu gli aveva telefonato la sera prima per comunicarglielo.

– Mmm, problemi burocratici... Non faccio fatica a crederlo: da quelle parti mi pare che le guerre civili siano all'ordine del giorno.

– Aspetta, aspetta! Io, da brava, stampo il volantino, lo fotocopio e lo faccio girare. L'indomani vengo a sapere che dal rettorato avevano chiamato la Merello, in presidenza, a chiederle che cazzo combinavamo con la Guinea, visto che avevano ricevuto una mail da là in merito a un certo Buthu che sarebbe stato un millantatore. E gliela avevano girata. Ora, la Merello di Buthu sapeva giusto il nome e che l'avevamo fra le scatole noi, così chiama la nostra segretaria, la Floriana, e le gira a sua volta la mail, pregandola di risolvere la questione al più presto, e in maniera indolore, prima che lo venisse a sapere il preside, che è un noto iracondo, oltre che scorbutico e arrogante.

Al tavolo a fianco si erano accomodati tre signori in giacca e cravatta, evidentemente reduci da un qualche congresso, visto che avevano tutti la stessa cartella in tela con su stampato il logo dell'Università. Caterina aveva continuato a voce più bassa, aggredendo con decisione la mozzarellona servita su un letto di carciofi crudi tagliati finissimi.

– Così la Floriana, che di suo è già sommersa da una marea di cose da fare, si è dovuta accollare anche quella.

– Che c'era scritto, nella mail?

– *Al friggere*, di stare attenti a Jean-Claude Buthu, che si spacciava come *post graduated* dell'Università di Conakry, ma non lo era affatto, anzi, non era neppure laureato.

– E perché l'avrebbe fatto?

– Quella che aveva mandato la mail, tale madame Aisha Masiwa, o Masawa, o qualcosa del genere, non lo specificava: diceva solo che era implicato in affari loschi. Che era un tipo da tenere alla larga.

– A dire la verità a me è stato antipatico da subito, il vostro monsieur Buthu. Tra l'altro alla famosa conferenza mi pare abbia detto solo delle gran scemenze.

– In effetti l'hanno pensato un po' tutti, ma sai, è nella manica di Marcheggiani, che lì dentro è un mezzo boss. O almeno lo dà a vedere.

– E allora, com'è andata a finire?

– Per ora non è andata a finire. Per niente. Ma tieniti forte: la Floriana si sente in dovere di mandare a chiamare Marcheggiani, il quale difende a spada tratta il suo *negher*. Dice che sicuramente quella era una "disturbata": invidiosa, o gelosa dei successi del dottor Buthu, che magari l'aveva superata in una qualche graduatoria internazionale per avere accesso a borse, o a contratti. Oppure era una mitomane, che fra le donne, secondo lui, è una cosa frequentissima.

– Un peletto misogino, eh, il Marcheggiani...

– Lì dentro lo sono tutti. O quasi.

– Ma su quali basi sosteneva questa teoria del complotto?

– Su nessunissime, naturalmente. Semplice petizione di principio. È una sua tattica abituale. Fidati: lo conosco da quindici anni. Comunque la Floriana, che è una seria, ritiene giusto informare il direttore, e convoca entrambi per il giorno dopo.

– E chi è il direttore?

– Ma Petracci, no, chi vuoi che sia? E adesso viene il bello: quel cretino di Marcheggiani non si porta dietro Buthu?

– Ma è matto?

– No, solo scemo. Fatto sta che gli fa leggere la mail, davanti a Petracci impietrito.

– E che dice?

– Cosa vuoi che dica: che non sa di cosa stia parlando quella signora. Che lui non la conosce nemmeno. Che la borsa di studio l'aveva ottenuta presentando regolarmente i suoi diplomi di laurea e di dottorato. Fine del primo round. Con Marcheggiani goduto e il Petracci sollevato, visto che lui, le rogne, le aborre. Di qualsiasi tipo.

– Perché, ce n'è anche un secondo, di round?

Dopo qualche bicchiere di vino, i nostri vicini di tavolo avevano dismesso la loro rigidità cattedratica e, assieme ai nodi delle cravatte, avevano allentato anche i freni inibitori imposti dal galateo accademico, mettendosi a fare apprezzamenti tutt'altro che galanti, guarniti dalle migliori perle di un lessico da caserma, sulle colleghe intervenute al loro stesso convegno. Io faticavo a finire il pesce, per quanto veramente ottimo.

– Mi sa tanto che ce ne sarà pure un terzo… A fartela breve, la Floriana, che non era ancora del tutto convinta, scrive all'Università di Conakry per chiedere informazioni, esponendo il caso. Dopo un paio di giorni quelli le rispondono che nessun Jean-Claude Bhutu si era mai laureato da loro, né addottorato. Non era mai stato neppure iscritto. Insomma: mai sentito nominare.

– Ma non mi hai detto che ha presentato i diplomi? L'avrà dovuto ben fare anche alla commissione che gli ha assegnato la borsa, ti pare?

– Oggi con photoshop si fanno miracoli! E ormai quasi tutti i documenti si mandano in formato pdf, scannerizzati, li avrà falsificati… Tanto chi vuoi che vada a controllare…

Avevamo ordinato due bicchieri di porto bianco, mentre i tre damerini accanto a noi davano l'assalto a una strabordante *fiammenghilla* di risotto al nero di seppia. Uno era già riuscito a farsi una patacca sulla camicia.

– Come l'ha presa, Marcheggiani?

– Come vuoi che l'abbia presa? Malissimo! Però fa finta di niente. Non ne parla e basta.

– E Buthu?

– Sparito. Non si è mai più fatto vedere.

– E ti credo! E adesso cosa fate?

– La Floriana sta cercando di convincere Petracci, in quanto direttore, e Marcheggiani, firmatario del progetto di ricerca, ad andare dalla polizia. Ma pare che da quest'orecchio non ci sentano.

– In effetti non è che ci facciano una gran figura... non essersi accorti che il tizio non era nemmeno laureato... insomma, ce ne vuole. Tra l'altro penso che sia un atto dovuto: è frode! Quello si è intascato la borsa senza averne diritto!

– Va detto che la borsa non era un granché: a me ha dato l'impressione che fosse ricco di suo, monsieur Buthu.

– E allora perché avrebbe messo su tutto 'sto casino?

– Magari per ambizione. Ce ne sono un sacco, sai, che fingono di essere laureati, o comprano la laurea da università private e compiacenti per mettere "dott." sul biglietto da visita. Questo era sicuramente pieno di soldi, e ha voluto giocare a fare il prof. per un po'...

– Secondo me suo padre è un signore della guerra che traffica in armi e uomini ordendo colpi di stato in mezza Africa.

– Per me tu leggi troppi gialli.

– Mi sa tanto che hai ragione.

Quindici

Il martedì successivo, approfittando della calma piatta che finalmente regnava in ufficio, avevo chiamato Kadigia, per chiederle se ci potevamo vedere nel pomeriggio. Ci eravamo date appuntamento per le cinque, a casa sua. Verso mezzogiorno aveva cominciato a nevicare: fiocchi microscopici e gelati turbinavano nell'aria trasportati dal vento producendo un effetto molto simile a quello della nebbia. Solo più dinamico.

– Per fortuna mi sembra che per terra non attacchi – salmodiava sottovoce Marcello scostando la tendina del mio ufficio dove, con cadenza cronometrata di mezz'ora, veniva ad affacciarsi per tenere sott'occhio la situazione. Un mantra che avrebbe dovuto salvaguardare il suo pacifico ritorno sui *bricchi*, dove abitava. Ritorno che si presagiva tutt'altro che facile, considerato che, come ogni giorno, era venuto in moto.

Alla fine la neve, per terra, aveva cominciato ad attaccare, sicché aveva solennemente ricevuto dal capo il permesso di uscirsene per le quattro. Permesso esteso con magnanima benevolenza anche alla sottoscritta che però, invece di tornare a casa, come avrebbe fatto qualsiasi persona sensata, si era precipitata, con un'ora di anticipo, dalla sua nuova amica.

Mi ero chiusa per bene il cappotto e calata sugli occhi il cappello, visto che con quel vento sull'ombrello non ci si poteva fare affidamento. E infatti di ombrelli rotti le strade ne erano piene, molti ficcati alla benemeglio nei cestini dei rifiuti, taluni trascinati dalla tramontana, ancora mezzi aperti, lungo i marciapiedi semi deserti. Qualche raro passante arrancava spedito e curvo a contrastare le raffiche boreali su per via Balbi, verso la stazione. Di autobus nemmeno l'ombra.

Kadigia mi era venuta ad aprire con indosso una tuta pesante: avevo sbattuto per bene i piedi sullo zerbino per liberarmi della neve che mi incrostava gli stivali ed ero entrata. Questa volta c'erano anche le sue coinquiline, chiuse nelle loro rispettive stanze a studiare. Aveva messo su l'acqua per il tè, e dieci minuti dopo eravamo in cucina con in mano due tazze spaiate che effondevano, con i loro vapori caldi, un intenso profumo di bergamotto.

– Li vuoi due biscotti?

– No, grazie, non stare a disturbarti. Va bene così. Novità?

– Qualcuna sì. Ma di poco conto. Almeno credo.

– Dimmi, su!

– Nabil non sono riuscita a sentirlo. Ma finalmente ce l'ho fatta a beccare Zahira, una delle responsabili del Centro di Epidemiologia. Era appena tornata da Bruxelles.

– Che ti ha detto di Amin?

– Che non ha assolutamente idea di cosa ci facesse in Italia.

– Andiamo bene…

– Del resto mi è sembrato che non le fosse nemmeno chiaro il perché Nabil fosse nel Borno. A quella campagna di vaccinazione non doveva partecipare. Si è aggiunto all'ultimo.

– Ma non c'è modo di raggiungerlo?

– Ha detto che quando chiamerà col satellitare gli dirà che l'ho cercato. Che gli devo parlare. Le ho lasciato il mio numero. Però non penso che sarà una cosa tanto immediata: è una zona non facile, quella.

– E perché non ci doveva andare, in 'sto posto?

– A quanto mi ha detto, perché si stava occupando di tutt'altro, da qualche tempo.

– E cioè?

– Se ho capito bene, di sangue.

– In che senso?

– Zahira mi ha detto che sei mesi fa, al Centro, era arrivata un'informativa dell'Organizzazione Mondiale della Sanità in merito a delle forniture di plasma umano infetto di probabile provenienza centro-africana. E li sollecitava a, diciamo, tenere gli occhi aperti, e intensificare i controlli.

– Ti dispiace se diamo un'occhiata in rete? Sei connessa?

– Sì, abbiamo il wi-fi. Vado a prendere il portatile.

Era bastato digitare le parolette «sangue infetto» e ci si era aperto davanti un mondo. Fino ad allora a noi totalmente sconosciuto. Pareva infatti che quello del plasma non sottoposto agli inevitabilmente costosi controlli del caso fosse un mercato florido, anzi di più: persone prive di scrupoli si sarebbero procurate considerevoli quantità di sangue "comprandolo", dietro scarso compenso, da chi poteva trovare in quei quattro soldi che gli davano il solo introito per sbarcare il lunario, acquistarsi la dose giornaliera, sfamare i figli. Insomma, gente miserabile che vive nelle periferie degradate delle grandi metropoli, carcerati, sottoproletariato alla canna del gas di una miriade di paesi in via di sviluppo, fra cui un discreto numero di nazioni del centr'Africa. Quel sangue, stando a quanto leggevamo inorridite, avrebbe poi trovato acquirenti compiacenti in alcune aziende farmaceutiche specializzate nel trattamento e nel commercio di emoderivati: società multinazionali in apparenza affidabilissime, autentici colossi del settore, pronte a metterlo in commercio a cuor leggero, dopo una ripulita di facciata, anche grazie alla connivenza di politicanti corruttibili e corrotti, disposti a chiudere un occhio, anzi entrambi, sulla validità delle verifiche e degli accertamenti a cui il plasma in questione sarebbe stato sottoposto, e in base alle quali veniva certificato come conforme alle normative vigenti, dunque "sano". Questa schifezza sarebbe finita poi negli ospedali di mezzo mondo, dove medici ignari lo avrebbero utilizzato per regolari trasfusioni destinate a pazienti altrettanto ignari. Che in questa maniera avevano buone possibilità di contrarre infezioni quali l'epatite c e l'aids. Roba da fare accapponare la pelle!

Ci eravamo guardate basite.

– Ma tu di 'sta roba ne sapevi niente?

– Qualcosa sì, una volta Amin mi aveva parlato del commercio illegale di sangue. Ma non pensavo a una cosa del genere.

– Non ti fa strano che Nabil abbia mollato quello che stava facendo, dico, questa faccenda del sangue, per andare a vaccinare dei bambini?

– Sì e no. Sai, il mio Paese ha delle aree ancora molto "problematiche", e fra queste c'è anche il Borno, per tante ragioni… Giù da noi funziona così: se c'è un'emergenza molli tutto il resto e ti occupi di quella. Almeno questa è la politica del Centro: fare cosa serve di più, andare dove serve di più. Lo spirito di servizio ha, deve avere, la priorità su tutto il resto, compresi gli incarichi precedenti.

– Ma se la direttrice ha detto che non ne sapeva niente…

– Non è la direttrice, è una delle responsabili: il Centro non funziona come un'azienda, non c'è un vero capo. Solo dei coordinatori. Magari Nabil l'hanno chiamato a sostituire un collega che per qualche motivo non poteva andare. O c'era bisogno di più personale. Una volta ci ha partecipato anche mio fratello, a una di queste campagne: era tornato da Parigi per stare un po' in famiglia e dopo pochi giorni è subito partito per il Nord dove era scoppiata un'epidemia di tifo, per dare una mano anche lui.

Dalla porta si era affacciata Tissam, impaludata dentro a un pigiamone in pile rosa shocking:

– Vi disturbo?

– No, figurati!

Si era diretta verso il frigo, ne aveva estratto il cartoccio del latte: se ne era riempita una coppetta e l'aveva ficcata nel microonde, azionando il timer, che aveva trillato un paio di minuti dopo. Poi si era dileguata con la scodella fumante di nuovo in camera sua.

– Io a usare quell'aggeggio non mi ci sono ancora abituata…

– Ma scherzi? Io manco ce l'ho! Senti, e con quelli di Città del Capo, i colleghi di Amin, avete avuto modo di parlare, tu o i tuoi? Ne sanno niente di tutta la faccenda?

– Li ha informati mio padre. Che Amin è morto, voglio dire…

– E tu?

– Io non ci ho mai avuto a che fare, almeno direttamente. Non ne conosco neanche uno: è un'équipe internazionale. Mio fratello era l'unico nigeriano. Non so che dirti…

– Ma non ti ha mai parlato di nessuno? Chessò, qualcuno a cui era particolarmente legato, con cui lavorava a stretto contatto…

– Nominava spesso un tale Jack. E poi c'era Catherine: con lei aveva collaborato per un paio d'anni già a Parigi. Ma mi pare che qualche tempo fa si sia trasferita in Brasile, per un progetto di un anno. Probabilmente è già tornata in Francia.

– E non c'è modo di rintracciarli, l'uno o l'altra?

– Dovrei chiedere ai miei. Il numero di Città del Capo ce l'hanno di sicuro. Ma secondo te serve? Insomma che senso ha?

Già, che senso aveva? Forse stavo tirando su un gran polverone per nulla. E rompendo le scatole a mezzo mondo, letteralmente, senza sapere propriamente perché. Così, a casaccio.

– Non so. Davvero. Solo che mi sembra una storia così assurda… Una qualche spiegazione ci deve ben essere, ti pare? Non è che uno parte dal Sud Africa per buttarsi dalla finestra a Genova per caso...

Le si erano riempiti gli occhi di lacrime. Era proprio l'ora di finirla lì.

– Scusa. Poi non sono nemmeno fatti miei...

– No, no... è giusto... ci sono cose che vanno fatte. Anche se alla fine non si ottiene nessun risultato. Appena posso cerco di sentire qualcuno a Città del Capo. Tra l'altro con Skype è pure gratis...

Le sue labbra si erano aperte in un grosso sorriso, che riusciva perfino a dissipare quei lucciconi che le imperlavano le folte ciglia scure. Mi aveva accompagnato alla porta e c'eravamo salutate sul ballatoio, mentre il vento che fischiava attraverso le finestre malconce del vano scale mi preannunciava un ritorno a casa un tantinello complicato.

Sedici

Come volevasi dimostrare. Fuori c'era una sorta di deserto dei Tartari in versione siberiana: la tramontana infuriava a più non posso, sollevando mulinelli di neve impalpabile e gelata che, come minuscole trombe d'aria, avanzavano serpeggiando lungo le vie deserte. La strada era ormai pressoché impraticabile, e le poche automobili che si ostinavano a volerla percorrere procedevano lentissime, slittando di continuo. Maledicendomi mille volte per non aver messo gli scarponcini, invece degli stivali, mi ero diretta giù per le Fontane, verso il metrò che sicuramente, almeno quello, andava. C'ero arrivata bagnata come un pulcino, rischiando a più riprese di finire gambe all'aria per il progressivo gelarsi della neve sui marciapiedi. Anche gli scalini della metropolitana, del resto, erano ormai una lastra di ghiaccio: li avevo fatti uno a uno, tenendomi al corrimano e continuando a imprecare fra me e me. I treni, per fortuna, circolavano regolarmente, così ero approdata finalmente a Dinegro, dove ero certa che mi aspettasse una marcia estenuante e forzata fino a casa. Invece no: miracolo! Al capolinea c'era fermo il mio autobus incredibilmente munito di catene che, sferragliando, mi aveva depositato esattamente davanti al portone. Incredibile: alle sette stavo già sfilandomi gli abiti fradici nel bel teporino della mia camera da letto, indecisa se farmi un bagno caldo o ficcarmi direttamente a letto.

Nemmeno il tempo di mettermi l'accappatoio e avevano suonato alla porta. Avevo guardato dallo spioncino: era Stefy.

«Che vorrà mai questa, adesso?»

Mi ero allontanata di qualche passo e avevo gridato: *Arrivo*! – correndo a mettermi su un paio di jeans e un maglione. Poi ero andata ad aprire, col *belino* girato come non mai.

– Ciao! Già che oggi, per via della neve, ci hanno fatti uscire prima, ho pensato di fare un salto a salutarti. Fra l'altro stasera non ho il problema dell'orario perché il bambino dorme da mia madre: sai, con le strade messe come son messe non me la sono sentita di farli venire giù a piedi dalla Castagna…

Volevo farle notare che nel frattempo i mezzi erano ripresi a circolare quasi regolarmente ma avevo soprasseduto, certa che quella inaspettata "vacanza" dall'organizzazione serale del figlio era stata accolta dalla mia assillante vicina con entusiastico sollievo.

– Ti piace? – con le due mani aveva stiracchiato gli orli inferiori di un'incrociatina color ruggine, fissandomi con un sorriso compiaciuto – l'ho comperata oggi in saldo da Mirella: visto che l'autobus delle tre e quaranta l'avevo perso per un soffio ho approfittato per dare una guardata alle vetrine. È così bella calda che non me la sono nemmeno tolta…

– Carina, veramente!

In realtà non è che mi piacesse un granché. Insomma, io non l'avrei comprata manco morta. Però era perfettamente nello stile di Stefy. Non è che si vestisse male, anzi… Aveva sempre su robe di marca: Belstaff, Peuterey, Richmond. E le scarpe erano perlopiù Birkenstock o Mefisto d'estate, Kickers o Camper in inverno. Però non aveva il minimo gusto per i colori, che nella stragrande maggioranza dei casi erano smorti, pesti: beigetto, giallino, senape, *marron*, grigio fango, verde marcio o, appunto, ruggine. Peraltro abbinati sempre in numero di tre o quattro. Una tavolozza deprimente…

Alla fine l'avevo parcheggiata sul divano in sala ed ero andata a cercare nei pensili di cucina qualcosa da offrirle che fosse consono al suo rigido regime alimentare. Per fortuna era rimasto un tetrapack di succo di mela, residuo negletto del recente soggiorno di Valerio a casa mia: presumibilmente conteneva coloranti e conservanti a iosa ma almeno non era zuccherato, per cui poteva andare. Ne avevo riempito un bicchiere, e in un altro avevo versato quel che rimaneva di una bottiglia di pigato aperta due sere prima. Ero tornata depositandoli entrambi sul tavolino, allontanandomi di nuovo per riesumare dalla dispensa uno dei barattoli di olive che mi aveva portato Marcello dalla Puglia, dove era andato a trascorrere il Capodanno per compiacere la fidanzata, oriunda di quelle parti. Le avevo scolate e messe in una coppetta.

– Vengono dal Salento: agricoltura biologica…

Ovviamente non era vero: figurati se Marcello dava retta a robe del genere! Mi ero infine lasciata cadere sul divano, esausta. La balla che mi ero inventata lì per lì però aveva funzionato: dopo un attimo di esitazione se ne era messa una in bocca, depositando poi il nocciolo nel posacenere. Naturalmente immagino che prima avesse fatto il computo mentale delle calorie che stava ingurgitando, onde poterle sottrarre poi a quelle previste per la cena. Non avevo la più pallida idea di quale bizzarro effetto gustativo potesse produrre il sapore dell'oliva mescolato a quello della mela, ma se andava bene a lei…

– Buone, veramente. Anche a scuola di Sandro, a mensa, usano solo prodotti bio: ho scelto di mandarlo lì proprio per quello, anche se la scuola nella nostra via era senz'altro più comoda. Ma in fondo quei dieci minuti in più non ti cambiano un granché…

Aveva continuato per un po' a decantare i pregi di un'educazione alimentare sana per il corretto sviluppo dei bambini in un'età delicata com'è quella della crescita, finendo poi inevitabilmente col ripiegare sul consueto, e abusato, registro della lagnanza:

– … ma il mio ex non lo capisce proprio! Non lo vuol capire!

Mica ci sta attento: invece di prepararegliela lui, la cena, lo porta sempre in pizzeria, con la "bella". Perché figurati se quella si prende la briga di cucinare… Vanno di continuo al ristorante. Quando stava con me, manco a morire! Dovevo pregarlo in ginocchio, dovevo, per andare una volta ogni morte di papa a mangiar fuori!

Mi era venuto da pensare che, forse, all'epoca, non aveva ancora la fissa della dieta. Ma magari, semplicemente, erano tutte sue fantasie, memorie andate costruendosi a partire da un mix di vero e di fasullo che a furia di girarle e rigirarle nel cervello, alimentate e ingigantite dal rancore, avevano preso la consistenza di inossidabili verità. Comunque fosse, non avevo per niente voglia di andare a *rimenestrare* in quel verminaio del suo mal digerito fallimento coniugale, cosa che a lei invece piaceva da matti, e a cui si abbandonava con un trasporto degno di miglior causa. Così avevo cercato di dirottare la conversazione verso lidi meno problematici, come quelli del lavoro e dei casini connessi, un argomento che, più o meno, coinvolge tutti quanti. E intanto mi consentiva di approfondire un pochetto la questione del sangue infetto:

– Proprio oggi un'amica mi parlava di una roba pazzesca, che ha scoperto in rete: pensa che ci sono multinazionali che non si fanno scrupolo di piazzare sul mercato, legale e clandestino, partite di plasma su cui non sono stati fatti tutti i controlli del caso. Anzi, pare perfino che siano perfettamente al corrente dei rischi corsi da chi si sottopone a una trasfusione, ma se ne sbattono altamente. Tu ne sapevi niente? Dico, a voi, come ASL, è mai successo? Non siete stati mai allertati a questo proposito?

– Mi sa che ne so meno di te…

«Son capitata proprio bene!» avevo pensato iniziandomi a pentire di averle aperto la porta invece che fingere di non essere in casa.

– In Italia c'erano stati dei problemi una decina di anni fa, quando non lavoravo ancora lì dove sono. Se ti interessa posso chiedere alla mia capa: è in quell'ufficio da un sacco di tempo...

– No, figurati! era solo una curiosità... E la questione delle medicine scadute l'avete poi risolta?

– Non erano scadute. Avevano prodotto degli effetti collaterali non dichiarati sul "bugiardino".

Evidentemente la volta prima non avevo prestato abbastanza attenzione allo spiegone che mi aveva ammannito. E che di conseguenza era transitato inavvertito all'interno della mia materia cerebrale senza lasciare traccia alcuna nella memoria.

– Vale a dire?

– Vale a dire che il farmaco in questione, si trattava di un antivirale, se somministrato a pazienti con insufficienze epatiche ne determinava un aggravamento. In questi frangenti, cioè quando qualche componente chimico è controindicato per soggetti affetti da determinate patologie, deve essere comunicato nel foglietto delle avvertenze, in modo che i medici non lo prescrivano a chi ne è affetto.

Parlava come un libro stampato: probabilmente non faceva che ripetere meccanicamente frasi e formule di recente utilizzate nella compilazione della quantità esorbitante di papelli che aveva senz'altro dovuto redigere in ufficio per risolvere quella *bugna* micidiale...

– Dunque una roba che invece di far bene fa male?

– Be', fa male, sì, ma non a tutti...

– E lo hanno scoperto solo dopo aver messo il farmaco in commercio?

– Purtroppo sì. Ma è una cosa di diversi mesi fa: è morto un tizio in un ospedale di Caltanissetta e i parenti hanno chiesto che fosse fatta l'autopsia. È venuto fuori che l'improvviso aggravamento delle sue condizioni non era dovuto, come si pensava, al classico caso di mala sanità, ma al nuovo antivirale inserito nella terapia.

Da quel momento un'indagine abbastanza accurata ha fatto emergere un discreto numero di episodi simili, in Italia e all'estero, che avevano avuto esiti meno gravi. Non letali, intendo, ma sempre significativi.

– Scusa, ma non potevano fare delle verifiche, diciamo di compatibilità, prima di distribuirlo?

– Certo che dovevano! O meglio avrebbero dovuto. Magari le hanno pure fatte, ma non accurate, non approfondite. Difficile dire… Ad ogni modo la casa farmaceutica è obbligata a risarcire, in misura diversa, chi è stato danneggiato.

– Intanto, figurati, sarà di certo assicurata… Avete avuto dei casi anche qui a Genova?

Ero andata a prendere dell'altro succo e dell'altro vino. Avevo versato in un piattino anche dei fiori di cappero che avevo scovato in un'*arbanella* acquistata un paio di settimane prima al super e poi bellamente dimenticata su uno dei ripiani alti dei pensili in cucina.

– Problemi nel senso di lamentele o denunce da parte dei pazienti, no. Ma grattacapi, quelli sì, eccome. E in abbondanza!

– Del tipo?

– Del tipo che abbiamo dovuto, di concerto con le altre ASL, inviare le informative del caso agli ospedali, procedere al censimento delle confezioni in giacenza, ritirarle e, dopo aver compilato pile di moduli e steso una montagna di verbali, restituirli alla casa farmaceutica che provvederà quanto prima al rimborso.

– Quindi non le distruggete voi?

– E ci mancherebbe pure! Ma hai idea di quanto verrebbe a costare lo smaltimento di robe del genere? Il pasticcio l'hanno fatto loro, ed è giusto che siano loro a pagare, ti pare?

– L'importante è che nessuno ci abbia lasciato la pelle…

– Uno sì…

– Volevo dire nessun altro.

– Me la togli una curiosità? Ma il vicino di fronte è “normale”?

– Mah! Normale normale non me lo sembra proprio. Per me qualche rotella fuori posto ce l’ha… Perché?

– Esce di casa col casco in testa, e non c’è volta che non sbatta la porta, alle sei e un quarto della mattina. Canta a squarciagola da solo… E passa delle ore al telefono urlando parolacce a raffica a chi sa chi… Anche la sera tardi. Sai, io col bambino… Mi si spaventa a sentir gridare certe ragioni! Che poi le impara, le ripete…

– Tra l’altro non ha nemmeno quella grande inventiva: tutto il suo estro si esaurisce in «puttana», «troia», «gran troia», vertice del cambiamento: «pezzo di merda».

– Ma con chi ce l’ha, sempre e di continuo?

– Con l’ex moglie: l’ha mollato un cinque-sei anni fa…

– E continuano a litigare dopo tanto tempo?

Che faccia di tolla: era lì perennemente a cristonare contro il suo, di ex, e si stupiva che gli altri facessero lo stesso? O forse considerava la propria condizione, con annessi e connessi, come qualcosa a sé, al di sopra degli standard abituali e accettabili? D’altra parte non era la prima volta che la sentivo criticare altri per difetti che lei esprimeva alla massima potenza… ce l’aveva un po’ d’abitudine, insomma.

– Pare di sì… Tra l’altro l’appartamento è della moglie: mi domando perché non l’abbia ancora sbattuto fuori… Io l’avrei già fatto da un pezzo! Per me è perché ha paura…

– Ne avrebbe tutte le ragioni: un po’ di paura, quando sbraita a quel modo, la mette anche a me.

Le otto e mezza. Le otto e mezza e quella non se ne andava. Iniziavo ad avere un abisso nello stomaco. Urgeva correre ai ripari:

– Caspita com’è tardi! Le otto passate! Ti va di fermarti a cena? Non è che abbia molto, in casa, ma una bella carbonara, o un’amatriciana, la riesco a mettere insieme.

Naturalmente in frigo non avevo uova né, tantomeno, la pancetta affumicata. Ma ero certa che l'elevato tasso calorico dei piatti proposti avrebbe indotto Stefy a declinare il mio invito senza pensarci su un attimo. Difatti:

– No, guarda, ti ringrazio ma devo proprio andare: ho una pila di cose da stirare, e se non ne approfitto stasera che sono sola...

Me ne ero liberata: l'avevo accompagnata alla porta e buonanotte. Buonanotte davvero, perché mi ero fatta una tazza di latte e caffè bollente, avevo aperto un sacchetto di grissini e portato il tutto su un vassoio in camera. Mi ero sistemata sotto le coperte, appoggiata a due cuscini, con davanti la tazza fumante che emanava il profumo dell'infanzia. Una ditata al lettore compact e si poteva ben dire che la serata si fosse finalmente e felicemente avviata a una degna conclusione.

Diciassette

La mattina dopo, quando mi ero svegliata, il vassoio era ancora lì sul letto, posato sul piumone dalla parte di Valerio. Per fortuna che la tazza era completamente vuota, perché nel sonno, rigirandomi, l'avevo fatta rovesciare. Di briciole ce n'erano ovunque e in abbondanza. Però mangiare a letto mi aveva fatto un *pru*, ma un *pru* che valeva ben la pena perdere un po' di tempo a pulire prima di andare al lavoro. Che poi era tutto da vedere, se ci sarei potuta andare: la sera prima, quando avevo spento la luce, nevicava ancora. Ma poco prima di prendere sonno avevo sentito distintamente il rumore dello spartineve che percorreva, forse in salita, le Mura degli Angeli. Quindi c'era una remota possibilità che le strade fossero pulite e percorribili.

Ero corsa alla finestra: il cielo era limpido e luminoso, screziato di pennellate albicocca là dove di lì a poco si sarebbe levato il sole a riscaldare coi suoi raggi quell'universo algido e posticcio che era andato creandosi durante la notte. Un universo inerte e fulgido che risplendeva di mille riflessi, fin troppo bello per essere vero. Ovviamente, come sempre, l'altra faccia della medaglia era assai meno allettante: quella meravigliosa serenata lasciava presagire temperature bassissime, ed era facile ipotizzare che i marciapiedi ricoperti di glassa candida fossero degli infidi e perniciosissimi lastroni di ghiaccio, in agguato a insidiare l'integrità degli sprovveduti passanti.

Ci volevano gli scarponcini. Per forza. Però ero altrettanto convinta che bastasse scendere a San Benigno per trovare strade e marciapiedi in condizione decente. Per cui mi ero allacciata per bene i pesantissimi anfibi e avevo messo gli stivali nella shopper di tela. Si sa mai: avessi per caso dovuto inerpicarmi a riverire l'ineffabile Petracci, mica potevo presentarmi conciata da montanara... Perché il vestitino nuovo di Desigual indossato su quelle scarpacce col carrarmato e le stringhe gialle, con i calzettoni di lana pesante ripiegati poco più su della caviglia, sortiva proprio quell'effetto.

Alla fine ero arrivata in ufficio con solo una decina di minuti di ritardo. Marcello aveva fatto la sua entrata trionfale una mezz'oretta dopo, seguito dalla discreta teoria di santi, cristi e madonne che aveva tirato giù lungo il tragitto percorso ostinatamente in moto: Gian Paolo, vedendolo tardare, era tanto preoccupato che gli fosse successo qualcosa che quando aveva aperto la porta lo aveva investito con ogni sorta di contumelie, talune anche molto elaborate. Era il suo modo per scaricare la tensione accumulata. E dimostrare il suo affetto.

Verso le undici ero scesa con Marcello a prendere qualcosa di caldo, e al nostro ritorno il capo mi aveva subito informata che nel frattempo aveva telefonato Prini.

– Ma cosa vuole sempre da te, quello?

– Sarà per via del ragazzo morto...

– Ma non mi avevi detto che se ne occupa un altro? Una donna?

– Sì, la dottoressa Casati, a quanto pare un'esimia rompiscatole...

– E allora?

– Allora gli ho chiesto di informarsi con discrezione sull'andamento delle indagini.

– Ma a te che te ne frega?

– Sai, no, che Nadia adora farsi i cazzi degli altri. Non è mica una novità!

– Grazie, Marcello! Bell'amico che sei!

– Ad ogni modo non starti a credere di piantarci in asso e sparire prima delle sei: tra oggi e domani il Petracci dobbiamo finirlo.

– Nel qual caso opterei per il classico colpo alla nuca.

– Dai! Chiuderlo!

– Lì sono più incerta: in galera o al manicomio?

Mi aveva mandata a quel paese. E io mi ero precipitata a chiamare Prini. L'avevo beccato stranamente alla prima:

– Morbelli. Mi ha detto il principale che mi ha cercato…

– Glielo avevo promesso, no, che quando avessi saputo qualcosa di più preciso l'avrei informata…

– Su, mi dica, che sono curiosa!

– Magari ne parliamo a voce, che ne dice?

– La avverto che sono segregata qui fino alle sei. Forse alle sette. Dobbiamo terminare un lavoro entro domani e in questi casi il capo non transige.

– Allora potremo fare a cena. È libera stasera?

Mi aveva colta di sorpresa. Di nuovo. Per la seconda volta.

– Sssì… Direi di sì.

– Se preferisce facciamo un altro giorno.

– No, no, va bene stasera. Benissimo. Dove e quando?

Meno male che mi ero portata gli stivali in borsa, se no sai che figura?

– Prima dovrei passare dalla giovane architetta che mi ha progettato e arredato casa. Ha lo studio in via dei Giustiniani. Pensavo di riuscire a essere lì per le sette e mezza-otto. Poi si potrebbe cenare in zona, se le va.

– Perfetto. Però magari facciamo che ci scambiamo il numero di cellulare, così in caso di contrattempi possiamo comunicare bypassando Gian Paolo, che come le rompe lui, le palle, non le rompe nessuno!

Il pomeriggio era passato in un lampo, e alle sette ero fuori. Per strada c'era pochissima gente: era ovvio che chi ne aveva avuta la possibilità se n'era rimasto rintalpato in casa al calduccio. Però avevano provveduto a sgombrare per bene la neve dal selciato, sicché era stato piacevole percorrere in quell'aria cristallina prima via Cairoli, poi via Garibaldi con i suoi palazzi ridondanti e sontuosi, e ancora via XXV Aprile fino a De Ferrari. Di lì ai Giustiniani era stato un attimo, percorso con passo lesto nell'animazione svagata dell'ora dell'aperitivo serale. Appena imboccato il vicolo avevo facilmente individuato lo studio in questione: una casuccia di bambola decorata *trompe l'œil* che esibiva un etereo lampadario a gocce. A conferma di quanto avessi l'occhio lungo, in fatto di orientamento, il cappotto in cachemire blu di Prini si accampava sullo sfondo oro e panna di quell'ambiente minuscolo ed elegante. Mi ero fatta coraggio ed ero entrata. E si era verificato proprio quanto temevo: i salamelecchi delle presentazioni conditi con rutilanti e ipertrofiche lodi delle rispettive competenze tecniche.

– La dottoressa Morbelli: è una fine studiosa di codici umanistici, che a tempo perso lavora in una casa editrice universitaria...

Avrei voluto sottolineare che in verità ci lavoravo a tempo pieno, e che mi toglieva anche l'anima, ma avevo evitato.

– Piacere, veramente! Questo spazio è bellissimo!

– L'architetta Giovanna Zorzi, che si è occupata della ristrutturazione di casa mia: ha saputo fare miracoli!

I convenevoli erano durati per un po', infiorettati di frasi di circostanza: quanto fosse brava la Zorzi, che bel lavoro avesse fatto, quale magia si celasse nei manoscritti tardo-medievali, e baggianate del genere. Verso le otto e un quarto aveva staccato un assegno, consegnato nelle mani curate della giovane professionista, ed eravamo usciti nella notte fredda e stellata. Avevamo fatto poca strada, fino a via San Lorenzo:

– A cena, pensavo di andare dal Capitano: le piace il pesce?

– Ne vado matta!

– È giusto qui vicino…

Subito ero rimasta interdetta: l'aspetto era quello di un cocktail-bar, molto giovanilistico, con divanetti e tavolini grigi e neri sullo sfondo di pareti rosso intenso. Un bancone arcuato ospitava un buffet pieno di ogni ben di dio, ma con piatti meno banali dei soliti: *friscieu* di verdure, baccalà in pastella, melanzane e zucchine grigliate, arancini di riso… Anche la lista dei vini segnalati sulla lavagnetta proponeva scelte tutt'altro che scontate: vino nobile di Montepulciano, rosso di Montalcino, greco di tufo, Santa Maddalena e via discorrendo. Le ragioni della scelta del locale mi si erano manifestate di lì a poco: era uscita da dietro il bancone una bella signora bruna, con un taglio scalato, che ci si era fatta incontro con un sorriso. Si erano salutati con distaccato trasporto, dopo di che ci aveva accompagnato in una saletta un po' defilata rispetto agli spazi del bar, dai tavoli apparecchiati con essenziale eleganza: in un angolo quattro signori in abito scuro e cravatta stavano servendosi da un grande vassoio porzioni considerevoli di tagliolini all'astice, mentre poco distante altri due, simili per abbigliamento e postura, consultavano in silenzio il menù racchiuso in fascette di carta di riso sobriamente decorate. Con la solita cortesia un po' *rétro*, Prini aveva spostato la sedia per farmi sedere, e si era accomodato a sua volta di fronte a me.

– Veniamo qui talvolta a pranzo, dopo le riunioni con i funzionari del Comune o della Regione. Mi son sempre trovato bene…

Capito l'inghippo… La signora, che si era presentata come Antonella e mostrava una considerevole competenza e altrettanta professionalità, aveva consegnato anche a noi i menù e la carta dei vini.

– Le consiglio le pennette col sugo di cernia: merîtano davvero…

– Non è che sia tanto da pasta, io: opterei per la *tartare* di tonno, e poi magari un *cappon magro*. Vedo che lo servono come secondo, anche se in verità andrebbe fra gli antipasti… Ne vado matta!

Anche lui aveva preso il *cappon magro*, preceduto da una zuppetta di ceci con vongole e seppioline.

– Come mai non le pennette?

– Diciamo che preferisco tenermi leggero… Direi che potremmo deciderci per un rosso, le pare? Rossese, cigliegiolo… scelga lei.

– Vedo qui anche una ribolla nera, che ne dice?

Naturalmente aveva detto di sì: troppo premuroso per fare altrimenti… Un cameriere dall'impeccabile camicia bianca aveva versato con ponderata lentezza il vino in un decanter, forse in quel caso fuori luogo, e subito dopo ci aveva sostituito i bicchieri presenti sul tavolo con altri due di proporzioni decisamente maggiori. Poco dopo erano arrivati *tartare* e zuppa, che poi tanto zuppa non era, essendo vongole e seppie presenti in misura assai maggiore rispetto ai ceci e al loro brodo. Solo allora era ricomparsa la signora a versarci il vino, e ad augurarci buon appetito.

– Anche se non lo si dovrebbe fare – aveva precisato sorridente.

– Allora, mi dica, che muoio dalla curiosità.

– E io che mi ero illuso che bastasse la mia compagnia a rendere piacevole la serata…

– Certo che sì! Tuttavia non sa il fascino che sprigiona un rompicapo giudiziario…

– Mi stai prendendo per i fondelli… Va detto però che sai farlo con grazia.

– Ma fino a un minuto fa non ci davamo del lei?

– Se preferisci… Anche se inizia ad avere del ridicolo, non ti pare?

– Perché finora non lo è stato ridicolo?

– Finora… be', quasi finora, i nostri erano rapporti professionali…

– E ora?

– Direi più di amicizia… altrimenti mica mi sarei sorbito gli sproloqui della Casati per soddisfare le tue insane curiosità. *Ahhrr ahrr.*

– Visto che ormai siamo amici, te lo posso dire: lo sai che ridi come Gambadilegno?

– Gambadilegno? Lo conosci di persona? Bella gente che frequenti! *Ahhrr ahrr.*

– Che tipo è la Casati?

– Antonia? Meglio non averci a che fare! Supponente. Piena di sé. Ossessivamente e sterilmente puntigliosa. E nemmeno poi così tanto preparata.

– Bel quadretto, non c'è che dire! Siamo capitati proprio bene…

– È una rampolla dell'alta borghesia…

– … tipo te, insomma…

– Quando ti ci metti sei proprio affilata! *Ahhrr ahrr.* Dicevo che è una che le ha avute sempre vinte, per cui non tollera né di venire contraddetta, né tantomeno di essere colta in fallo. Poi ha un'alta considerazione del suo ruolo e della sua persona, quindi mal digerisce ingerenze esterne, anche se motivate.

– Questo per dirmi che non sei riuscito a carpirle niente in merito alle indagini?

– Guarda che anch'io, quando mi ci metto, so essere tenace!

– La volta scorsa non mi era parso…

– La volta scorsa c'erano in ballo cose più grandi di noi.

– Mmm, allora te ne sei accorto, alla fine!

– Alla fine sì, anche grazie a te. Però tanto non sarebbe cambiato niente, no?

– In via di principio sarebbe cambiato sì! Eccome!

– Solo in via di principio. E ora non saremmo qui a chiacchierare perché io sarei stato trasferito alla Questura di Nuoro. Sempre che mi fosse andata bene. E nessuno t'avrebbe aiutata a far le pulci alle indagini di madame Casati.

Aveva pronunciato Casatì, con accento francese. Era più che evidente che gli stava sull'anima. E non poco. Con somma soddisfazione di entrambi avevamo finito quello che avevamo nel piatto. In effetti la qualità degli ingredienti era davvero eccellente. E la cucina era alla sua altezza.

– Allora, vuoi dirmi o preferisci tenermi sulle spine ancora per un po'?

– Preferirei tenerti sulle spine, che mi diverte assai, *ahhrr ahrr*, tuttavia penso che ti accontenterò! Che vuoi sapere?

– Come che voglio sapere! Tutto! Tutto voglio sapere!

– Allora cominciamo con i fondamentali. La Casati è assolutamente, e sottolineo assolutamente, convinta che il ragazzo si sia buttato dalla finestra da sé. Senza interventi esterni.

– Amin. Il morto si chiamava Amin!

– All'inizio, essendo d'animo fondamentalmente razzista, aveva dato per scontato che fosse caduto accidentalmente essendo sotto l'effetto dell'alcool o della droga, fatto che è stato smentito dall'autopsia, che peraltro ha fatto ripetere, non riuscendo a concepire neppure lontanamente l'idea di aver preso una cantonata. Peraltro su basi esclusivamente congetturali.

– E ora?

– Ha ripiegato sul suicidio. Del resto gli elementi ci son tutti: la porta chiusa dall'interno, la finestra aperta, la sedia vicino al davanzale, non ultima l'assenza di tracce di colluttazione nell'appartamento. Che dovrebbero ben esserci se fosse stato spinto di sotto da qualcuno: nessuno si farebbe buttar giù dal balcone senza opporre un minimo di resistenza, ti sembra? In aggiunta Amin era pure alto e ben messo, dunque non facile da neutralizzare…

– Sì, ma il movente?

– Tecnicamente il termine "movente" si utilizza in casi di omicidio, non di suicidio…

– Allora la motivazione… insomma, secondo la tua collega perché l'avrebbe fatto?

– Secondo lei il suicidio…

– … il presunto suicidio!

– … comunque sia, va messo in relazione con la partita di droga…

– E quale sarebbe il nesso?

– Non l'ha esplicitato con chiarezza. Pensa che si sia trovato a non saper più gestire la situazione. Magari quei pani di *hashish* li aveva rubati, oppure non aveva i denari per pagarli. Se ne vedono tanti, di casi del genere.

– E si ammazzano tutti?

– In verità no.

Erano arrivati i piatti col *cappon magro*: un tripudio di pesce e verdure innalzato a strati su una galletta appena ammosciata in acqua, olio e aceto, e tenuto assieme da un velo di salsa verde. L'effetto cromatico era grandioso: il rosso cupo e lucido della barbabietola, il verde opaco dei fagiolini, l'arancio squillante della carota, e in cima, svettante, uno scampo in posa plastica, con le chele infilzate all'indietro nella polpa opportunamente privata della scorza.

– Mi pare che come ipotesi investigativa faccia acqua da tutte le parti, non credi?

– Mah… resta da definire la ragione per cui questo tizio, Amin, medico e ricercatore apprezzato, fosse in possesso di un simile quantitativo di droga.

– Questo dando per scontato che nell'appartamento ci stesse lui, e che da lì si sia cacciato dalla finestra…

– Su quest'ultima cosa penso non ci siano dubbi.

Avevo evitato di ribattere per non rischiare che mi sfuggisse qualcosa sulla nostra, mia e di Kadigia, perlustrazione in loco. Intanto quel che mi interessava era ben altro:

– Si sa niente del padrone di casa? – e avevo cercato di sparigliare le carte, allargando un pochino il ventaglio delle responsabilità. – Perché affittare a un clandestino penso comporti delle ripercussioni penali, o sbaglio?

– È un certo Tommaso Schiappacasse, ma pare che non c'entri nulla.

– Cos'è, l'ha affittato a propria insaputa? Alcolista o tossico lui pure? Magari parlamentare, visto che all'inconsapevolezza pare ci siano avvezzi…

– No, ti spiego: è uno che abita in Svizzera da quasi dieci anni. L'appartamento l'ha ereditato dai suoi, e lo tiene sfitto.

– E come mai lo tiene sfitto?

– Forse proprio per evitare di incorrere in problemi di tal fatta: in un condominio del genere chi vuoi che ci vada a stare, se non clandestini? O gentaglia?

Stavo per replicare che in quel palazzo ci stavano persone dabbene, lavoratori onesti e perlopiù sfruttati la cui unica pecca risiedeva nel non essere muniti di regolare permesso di soggiorno. Ma mi ero morsa la lingua e avevo sprofondato lo sguardo dentro le scaglie bianco rosate del pesce cappone per non lasciare in alcun modo trapelare il mio disappunto.

– Davvero encomiabile! Non c'è che dire! E com'è che ci sarebbe finito dentro Amin? Ha scassinato la serratura? Perché in situazioni simili saper maneggiare bene il bisturi è davvero essenziale.

– Secondo la collega, a quanto consta dalle regolari indagini che ha fatto predisporre, lo Schiappacasse, abitando a Basilea e avendo poche occasioni di venire a Genova, avrebbe affidato le chiavi a un conoscente di sua fiducia, nel caso si fosse verificata la necessità di entrare in casa per qualche motivo. Eventualità che si è poi puntualmente verificata: una volta, un po' di anni fa, per la sostituzione del contatore dell'elettricità, obbligatoria per legge. E un'altra l'anno scorso, per una infiltrazione d'acqua dal terrazzo che aveva interessato i due appartamenti del piano superiore, e che aveva suggerito di dare una mano di antimuffa ai soffitti e alle pareti di bagno e cucina, dove erano state riscontrate tracce di umidità.

Incredibile: parlava degli imbianchini negli stessi termini che avrebbe usato se fossero stati poliziotti!

– In quelle due occasioni le chiavi erano state consegnate a chi doveva occuparsi dei lavori. E una volta all'anno vengono lasciate a un incaricato dell'impresa di pulizie che si occupa di dare una sommaria ripulita agli ambienti affinché non finiscano col degradarsi troppo.

– Embè?

– Tali circostanze avrebbero potuto favorire qualche malintenzionato che si sarebbe trovato nelle condizioni ottimali per fare un duplicato delle chiavi. E sfruttare la disponibilità dell'appartamento a proprio vantaggio.

– Così sarebbe stato l'operaio ENEL ad affittare la casa dello Schiappacasse ad Amin… Geniale! Ma che c'ha nella zucca la tua collega?

– Tutto è possibile…

Infischiandomene del galateo avevo preso lo scampo con le dita, gli avevo spiccato la testa e avevo preso a succhiarla.

– Mmm! Chebbuono! Scusa, come mai non ha fatto staccare la luce, l'acqua, il gas, in un appartamento che intendeva lasciare volutamente sfitto? Non ti sembra strano? O, ancor meglio, assurdo?

– Cosa vuoi che ti dica: non posso far altro che ripeterti quel che mi ha detto la Casati.

– E quali strumenti hai usato per estorcerle queste informazioni? Tortura cinese o fascino latino? Ci scommetto che l'hai invitata a cena!

– Stai scherzando? Ma hai idea di cosa sia la Casati? Ti annoia solo a guardarla!

– E allora?

– Allora niente: le ho fatto domande discrete approfittando del fatto che mi sto occupando di un nuovo racket della droga che sta cercando di imporsi nel centro storico. A partire dalla zona Prè – Via del Campo – San Luca.

– E di questo Schiappacasse si sa qualcosa di più preciso?

– Ma cosa ti importa dello Schiappacasse!

– Niente... era così per parlare...

– Se è per questo si potrebbe benissimo parlare, che so, di romanzi sudamericani, o di musica jazz...

– E va bene: mi chiedevo soltanto se c'entrasse qualcosa...

– Lo Schiappacasse? Ma sei matta! Hai idea di chi sia?

– No. È appunto per questo che te lo chiedo!

– È uno stimato professionista: per un certo periodo ha fatto il farmacista qui in centro, poi si è trasferito in Svizzera dove è amministratore delegato di una catena di farmacie sparse un po' ovunque nella Confederazione.

– Bel salto di qualità! Ha vinto un terno al lotto?

– Praticamente... Diciamo che ha appeso il cappello al chiodo: ha sposato un'ereditiera, prossima a diventare azionista di maggioranza di una casa farmaceutica di considerevoli dimensioni, la Wurth, all'interno della quale, come è ovvio, il marito occupa un ruolo di elevata responsabilità.

– Mai sentita!

– Nemmeno io, ma penso di potermi fidare di quel che dice la Casati, che in fatto di grandi patrimoni ha un certo feeling.

Terminati i secondi, e rinunciato entrambi al dolce, la signora Antonella ci aveva servito due liquori aromatizzati allo zenzero, prodotti espressamente per la "casa" da una piccola distilleria dell'astigiano. Quello che volevo sapere l'avevo saputo, così l'avevo accontentato e ci eravamo messi a chiacchierare di letteratura. Verso le undici e mezza mi aveva accompagnato in taxi fino sotto casa, dove ci eravamo salutati con la promessa di tornare a vederci presto. A dire il vero una serata niente male, tutto sommato. Me n'ero andata subito a letto, e quella notte avevo sognato di correre a perdifiato lungo i moli inseguita da loschi figuri inviati dallo Schiappacasse per farmi fuori. Facile che nella salsa verde avessero esagerato un po' con l'aglio…

Diciotto

Finalmente il saggio del Petracci l'avevamo chiuso, anche se con un giorno di ritardo. Così il venerdì, a pomeriggio inoltrato, Gian Paolo mi aveva spedita dall'illustre cattedratico a consegnargli il papiro con su registrati tutti i dati necessari da passare in amministrazione affinché l'impegnativa di spesa fosse compilata correttamente. Una cosa che si poteva fare tranquillamente per mail, ma la lunga frequentazione dei professori universitari, notoriamente predisposti alla sbadataggine e all'incompetenza in merito a questioni amministrative, suggeriva che era meglio presentarsi di persona, in modo da prevenire sul nascere i possibili errori di procedura. Dopo una noiosissima discussione durata almeno mezz'ora, e una spedizione in tandem dalla segretaria amministrativa, per fortuna competente e comprensiva oltremisura, ero passata a salutare Caterina. L'avevo trovata alla sua scrivania, con davanti un bicchiere di plastica ancora mezzo pieno del tè erogato dai distributori automatici. Ne ero andata a prendere uno anch'io e mi ero seduta di fronte a lei.

– Carla come sta? Non s'è più fatta viva…

– Cosa vuoi: prima la fine del quadrimestre, con verifiche e interrogazioni a stecca, poi gli scrutini, adesso riunioni a non finire, in vista della maturità. E ci si è messa pure la neve…

– Vai su questo fine settimana? Nel caso salutamela. Dille di passare, qualche volta.

– Magari organizziamo una cena, da me. O un aperitivo in

centro. No, domani salto: a parte che c'è un freddo cane e le strade son conciate da schifo, non c'è nemmeno Carla. Penso che vada a trovare il nuovo spasimante. A Viterbo.

– Buon per lei. Anche se con 'sto tempo... Io non ce ne avrei mica voglia di far tutti quei chilometri...

– Va in treno. Che comunque è una gran sfacchinata. Novità?

Si era alzata e aveva accostato la porta.

– Tanto ormai la biblioteca è già chiusa... Ora ti racconto: ti ricordi del pasticciaccio di Buthu, dello spettacolo teatrale rimandato per la seconda volta?

– Certo che mi ricordo. Ebbene?

– Allora: la nostra segretaria, la Floriana, non contenta delle rassicurazioni di Marcheggiani, decide di andare un po' più a fondo, e prova a scrivere direttamente a quella tizia, Aisha Masiwa, per saperne di più su Buthu. Insomma, per informarsi su chi fosse in realtà e sul perché lei si era scomodata a metterci in guardia.

– E che ha risposto?

– Non ha risposto. Questo è il problema.

– Quindi non si sa niente di più preciso. Su che cavolo mai ci facesse qui, insomma.

– Assolutamente no.

Aveva aperto uno spiraglio di finestra e si era accesa una sigaretta. L'aria fredda che entrava da fuori faceva fin piacere, visto il caldo soffocante che stagnava nell'ufficietto.

– Ma non è che magari si è diplomato in un'altra università?

– La Floriana ha chiesto espressamente al rettorato di Conakry di fare delle ricerche in merito, accampando una scusa tipo che ci ha inviato una proposta di collaborazione all'interno del quadro dei rapporti di interscambio eccetera eccetera: be', pare proprio di no.

– La cosa più incredibile, per me, è che Marcheggiani non si sia accorto di avere a che fare con un millantatore. Che non si sia reso conto che quello, di teatro, non ne capiva un'emerita fava! A momenti è venuto il sospetto perfino a me, che nella vita faccio tutt'altro.

– Per me Marcheggiani si è lasciato turlupinare accecato dalla prospettiva degli "orizzonti di gloria" di una collaborazione internazionale. E quanto meno "esotica". Comunque c'è di peggio.

– Di peggio? Vale a dire?

– La Floriana deve ancora fare gli accertamenti del caso. Ma c'è la possibilità che gli "attori" in effetti dalla Guinea siano partiti.

– Come partiti?

– Sì, con il "viatico" della carta intestata del nostro dipartimento: il simpatico Jean-Claude se ne era procurata un bel po', in parte "ufficialmente", sostenendo di doverla usare per pratiche che lo riguardavano, in parte sottraendola dall'armadietto della segreteria, che è sempre aperto.

– Sempre aperto?

– Ora non più, ma prima sì. Per esplicita, e ovviamente legittima, richiesta dei docenti che ne hanno spesso bisogno per redigere attestazioni varie a prescindere dall'orario di apertura dell'ufficio. Anche i timbri, peraltro, erano in bella vista sui ripiani dello stesso scaffale, i cui sportelli non erano chiusi a chiave quasi mai. Le malelingue sostengono che lo stesso Marcheggiani gli abbia firmato diversi fogli in bianco.

Avevo finito quell'orrido intruglio spacciato come tè e mi ero accesa una sigaretta anch'io, usando il bicchierino come posacenere.

– Fammi capire: Buthu utilizza carta intestata del dipartimento e timbri dell'ateneo per giustificare l'espatrio di connazionali convocati per una qualche ragione dall'università, sulle basi di chissà quale progetto conforme ai principi dell'internazionalizzazione. Forse usa i fogli firmati "in bianco" da Marcheggiani. O imita la firma, che per uno un minimo esperto non sarà certo complicato...

– ... per contro a quel *berodo* di Marcheggiani dà a intendere che l'operazione è di routine, normale amministrazione per una compagnia teatrale del tutto assueta alle trasferte all'estero. E quello se la beve.

– Con simili presupposti, e di fronte a una pila di carte dall'apparenza ufficiale, immagino che la nostra ambasciata a Conakry non si sia fatta scrupolo a rilasciare altrettanti permessi di soggiorno temporanei per motivi di studio. E immagino anche che i documenti dei sedicenti "attori" fossero stati falsi come Giuda...

– Guarda che potevano benissimo essere veri: in dogana mica vanno a verificare le tue doti interpretative. O le tue competenze musicali. Una volta atterrati a Milano, poi, via! Ciascuno per la sua strada! Immagino che la meta privilegiata potesse essere la Francia.

– E bravo Buthu: si spacciava per un esperto di teatro e invece era uno scafista di lusso... Anzi, di extra-lusso! Vuoi mettere i rischi di stiparsi uno sull'altro su un barcone mezzo sfondato, con la più che plausibile prospettiva di esser portati via da un'ondata e di finire in pasto ai pesci nello stretto di Sicilia, o di schiantarsi sugli scogli di Pantelleria, al confronto delle comodità che offre un bel volo Conakry-Milano con le hostess che ti portano i biscottini salati e il succo d'ananas? Basta avere qualche soldo in più, e magari nemmeno tanti, ed eccoti arrivato in Italia con regolare, seppur limitato nel tempo, visto d'ingresso.

– E così si spiegano pure il Rolex e tutto il ricco armamentario di bracciali e collane d'oro che sfoggiava. Comunque è sparito dalla circolazione...

– E lo credo bene!

– Sia la Floriana che Marcheggiani lo hanno cercato ripetutamente sul telefonino: niente! Numero inesistente.

– Mi sembra proprio il minimo... Son certa che la Masiwa è finita in pasto ai leoni che Buthu terrà sicuramente liberi nel parco di una qualche sua villa principesca ai margini della savana: saranno giusto là che si leccano i baffi. Per me quello era un professionista… Chissà quanti ci sono già cascati, in giro per il mondo…

– Mi sa proprio di sì. Non oso pensare che cosa succederebbe se mai lo venisse a sapere il preside: per me gli prende un colpo di sicuro! Il rettore, in compenso, esigerebbe la testa di Marcheggiani nel Sacro Catino, chiesto appositamente in prestito dal Museo del Tesoro della Cattedrale. E poi la esporrebbe appesa alla finestra di Balbi 5, fra la bandiera italiana e quella europea. Ci farebbe un figurone!

– A proposito, e Marcheggiani? Che dice il Marcheggiani?

– Ha le orecchie basse e la coda fra le gambe. Striscia lungo i muri cercando di mimetizzarsi con la tinteggiatura delle pareti. Nessuno gli ha detto niente, però lo sa benissimo che tutti sono al corrente. E al suo passaggio i risolini si sprecano…

– La polizia che ne pensa? Hanno rintracciato i nominativi di chi è partito, e quindi arrivato?

– La polizia? Ma stai scherzando? Non ne sanno mica ancora niente!

– Come non lo sanno? Non li hanno avvisati di 'sto casino?

– Figurati! La Floriana ci ha provato in tutte le maniere, ma niente! Non c'è verso!

– Scusa, ci son buone probabilità che siano arrivati trenta clandestini…

– Trenta? Più del doppio! Calcola che è il secondo spettacolo che va a ramengo: se davvero si è trattato di un espediente per far entrare immigrati "fuori via", c'è da scommetterci che anche la volta precedente sia andata nella stessa maniera…

– Una ragione di più per informare le forze dell'ordine, non ti sembra?

– Mi sembra, mi sembra… Anche alla Floriana le sembra… Però Marcheggiani oppone ancora resistenza. Si spera che Petracci riesca a convincerlo. Magari concordando una versione più edulcorata. Più soft… Insomma, che gli faccia fare una figura meno di merda di quanto in effetti sia…

– Perché in effetti è proprio una figura di merda… merda schietta!

Avevano bussato alla porta: era uno dei custodi mandato a ricordarci che la facoltà stava chiudendo: se non volevamo passarci la notte, era meglio che alzassimo i tacchi. E così era stato: ci eravamo infilate i cappotti e avevamo sceso le scale mentre, dietro a noi, le luci dei piani si spegnevano una a una. Le sette e mezza: ci eravamo salutate in tutta fretta e io ero scesa verso Sant'Agostino nell'aria tagliente di quella che era già un po' notte, sotto la luce dei lampioni che i vapori del mio fiato e gli occhi lucidi di freddo allargavano in aloni iridescenti.

Diciannove

Ancora una giornata splendida, come solo lo sanno essere quelle di febbraio, dopo la neve. Tanto che ero quasi pentita di non essere andata su dai miei, a godermi lo spettacolo delle vigne innevate e del loro accecante candore accampato contro un cielo di smalto turchino. Ero salita al Carmine accompagnata dalle note profonde di un sax baritono modulate con struggente passione da un giovanotto biondo e triste, acquartierato con le sue povere cose all'angolo di via Balbi. Giunta davanti al portone di Kadigia avevo pigiato sulla pulsantiera, ma invano perché pochi istanti dopo l'avevo vista scendere già l'ultima rampa di scale, perfino sorridente nella sua giacca a vento viola, con uno sciarpone grigio attorcigliato attorno al collo e i riccioli che le incorniciavano il volto in una nuvola corvina straripante dal berretto di lana sormontato da un enorme pon pon.

– Pronta per la spedizione?

– Pronta. Pronta. Per te ne ricaviamo qualcosa di nuovo?

– Non si può mai dire… Magari sì…

Ci eravamo dirette verso quella che avrebbe dovuto essere stata la casa di Amin, camminando con andatura spedita lungo i vicoli in discesa, poi avevamo sostato in disparte una decina di metri più su, aspettando che qualcuno entrasse o uscisse, in modo da poterci intrufolare senza bisogno di suonare a nessuno, e dover di conseguenza dare spiegazioni non facili da elaborare. Almeno lì per lì, su due piedi. Dopo un quarto d'ora scarso, durante il quale avevano transitato cinque o sei persone, frettolose e infreddolite, tutte dirette altrove, in fondo al *carrugio* si era profilata una figura maschile, stipata in un piumino blu e con in mano due borse della spesa da una delle quali spuntava, come un pennacchio, un bel sedano dalle foglie verde chiaro. Aveva infilato una mano in tasca e ne aveva tratto un mazzo di chiavi: a quel punto, ostentando una certa indifferenza, avevamo finto di smettere di chiacchierare fra noi e, dopo aver dato un'occhiata all'orologio come se dovessimo fare qualcosa di lì a poco, ci eravamo dirette con piglio sicuro verso di lui, che nel frattempo aveva ficcato la chiave nella toppa, impacciato dalle pesanti sporte stracolme di vivande. I suoi occhi erano di un azzurro chiarissimo e dal "cuculo" ben calato sugli occhi fuoriusciva un ciuffo biondastro: doveva per forza essere uno degli albanesi di cui ci aveva parlato Karim. Kadigia, premurosa, gli aveva tenuto aperta la porta, e lui ci aveva ringraziato in un italiano viziato da un forte accento slavo: ormai eravamo dentro!

Ci eravamo attardate nei pressi delle cassette della posta, quasi fossimo due nuove inquiline, lasciando che salisse. Poi eravamo andate su per le scale in silenzio, fino al quinto piano. Le strisce di nastro adesivo stavano ancora là, come le avevamo lasciate: per una seconda volta le avevamo staccate con cura da un lato, ed eravamo entrate. Avevamo di nuovo ispezionato, ma con maggior attenzione, la camera da letto, la cucina, il bagno: niente! Non avevamo trovato nulla che ci fosse sfuggito nella precedente "spedizione".

– In effetti i soffitti di bagno e cucina sono stati tinteggiati abbastanza di recente...

– Scusa?

– Niente: ho trovato il modo di incontrare un amico che lavora in polizia, e gli ho chiesto di informarsi sull'andamento delle indagini...

– E che dice?

– Sostanzialmente niente di più di quello che già sappiamo: a parte che il proprietario, tale Tommaso Schiappacasse, aveva affidato le chiavi a un tizio di sua fiducia, per risolvere eventuali emergenze. Secondo loro le chiavi sarebbero state duplicate da qualcuno che le aveva avute per fare dei lavori, come appunto intervenire su un'infiltrazione di umidità dal piano di sopra provvedendo a dare una mano di antimuffa, e poi una di bianco...

– Quindi il padrone ammette di non essere al corrente che qui ci stava mio fratello?

– Se la vogliamo mettere in questi termini, sì.

– Non mi sembra una cosa da poco!

– Dipende come la si vuol vedere: se da un lato non esiste la prova che Amin abbia vissuto per un periodo più o meno lungo in quest'appartamento, dall'altro è fin troppo facile ipotizzare che il padrone di casa possa aver mentito, per non dover ammettere di affittare a clandestini. Oppure, cosa ben più gradita alla Questura, visto che lo Schiappacasse passa per essere persona facoltosa e dabbene, si può fare lo sforzo di credere che qualcuno abbia approfittato della sua fiducia, o di quella di un suo mandatario, per improvvisarsi locatario abusivo, e incrementare le proprie entrate senza troppa fatica.

– Un po' macchinoso, ti pare?

– Mi pare sì... Ma devi ammettere che è una soluzione che accontenta tutti: il signor Schiappacasse non è neppure sfiorato da un sospetto infamante. La ricerca di prove ulteriori e certe della presenza di tuo fratello qui, in questa casa, finisce col trovarsi in un'impasse difficilmente risolvibile, e dunque accantonata. Infine tutte le eventuali responsabilità sono messe a carico di "terzi" tecnicamente impossibili da individuare. Salvo la proverbiale botta di culo... Comunque, almeno in merito all'intervento di un imbianchino avevano ragione: lo Schiappacasse non ha raccontato una balla.

Sconsolate, eravamo andate alla finestra, l'avevamo aperta e guardato giù: non c'è che dire, proprio un bel volo...

– È spaventoso! – aveva singhiozzato, ritraendosi subito.

– Già... È proprio spaventoso... Vieni, su, che andiamo!

Ci eravamo avvicinate alla porta e mi era caduto l'occhio sul ferro morto: un reperto quasi archeologico da cui penzolava una catenella che terminava in una pallina d'ottone. Due palmi più in basso, l'occhiaia vuota del cilindro asportato della serratura lasciava filtrare la tenue luce delle scale.

– Kadigia, tu le chiavi dove le tieni?

– In borsa, perché?

– No, quando sei a casa... Dove le metti quando sei a casa?

– Spesso su un ripiano dello scaffale che c'è in ingresso. Qualche volta sul comodino. Va detto che due su tre me le dimentico: meno male che Tissam c'è quasi sempre, altrimenti più di una volta sarei rimasta chiusa fuori...

– Appunto: per non scordarmele io le lascio sempre infilate nella toppa, dall'interno, e do due giri. Perlomeno da quando, tanti anni fa, uscendo, mi sono accorta che le chiavi erano rimaste sul mobiletto dell'entrata: per fortuna che mio padre ne aveva una copia, se no avrei dovuto chiamare i pompieri. In questo modo, invece, le devo prendere per forza, se voglio aprire...

– Non capisco...

– Voi siete in quattro, è diverso... Ognuna ha il suo mazzo di chiavi... Ma se abiti da solo questa è la maniera migliore per non scordartele.

– Dove vuoi arrivare?

– Se non mi sbaglio ti hanno detto che le chiavi sono state trovate dentro, da qualche parte.

– Sì, e allora?

– Allora… Non so: mi sembra strano che non le avesse lasciate nella toppa. E poi non avrebbe dato neppure il ferro morto, visto che è lì bello intatto, catenella compresa: non lo sarebbe, se la polizia avesse dovuto forzarlo. E se qualcuno le avesse messe lì apposta, in bella vista, per far credere che la porta fosse stata chiusa dall'interno, e andandosene avesse usato un duplicato per rinserrarla a doppia mandata? Cosa impossibile da fare con le chiavi infilate dall'altra parte… Il che renderebbe percorribile l'ipotesi che tuo fratello non abbia mai abitato qui…

– Dunque ce l'avrebbero portato… Per buttarlo di sotto… Ma chi?

– Portato mi pare difficile: a parte che era un ragazzo energico e ben messo, almeno a quanto ne so, non è stata trovata alcuna traccia di colluttazione. Piuttosto devono avercelo fatto venire con una scusa… Quanto a chi, non ne ho la minima idea…

Eravamo uscite e avevamo ripetuto l'operazione di ripristino del nastro adesivo. Prima di andarcene si era fatto ancora un salto al piano di sopra, per vedere se caso mai fossimo riuscite a parlare con qualcuno degli ecuadoriani che avrebbero dovuto occupare i due appartamenti sottotetto. Avevamo bussato più volte senza ottenere risposta. Il lucernario inondava il pianerottolo con una luce impietosa, rendendo evidenti le crepe sui muri, le macchie d'umido, la sporcizia sulla graniglia del pavimento.

– Che dici, saliamo?

– Dai, saliamo!

L'ultima rampa di scale terminava in un ballatoio esattamente uguale agli altri, con al centro una porta di ferro tenuta chiusa da un pezzo di cavo elettrico attorcigliato su se stesso. Sulle nostre teste si innalzava una piramide composta da pannelli quadrati di vetro imprigionati in montanti metallici mezzi arrugginiti. Ad aprire la porta c'era voluto un attimo, e subito ci eravamo trovate sul terrazzo: sembrava di essere in cima al mondo! Sotto di noi si dispiegava la distesa grigia e accidentata dei tetti in ardesia, tanto compatta da far fatica a credere che in mezzo a loro si dipanasse il raggomitolato intrico dei *carrugi*. Sullo sfondo il mare di un blu intenso, percorso dalle vie luccicanti tracciate dalla tramontana fino all'orizzonte, dove una linea netta e marcata fissava il confine col cielo, di un azzurro appena più chiaro. Più in là, il profilo schietto della Lanterna si ergeva quasi a difesa del vecchio bacino, minacciato dalle inquietanti silhouette di enormi gru, simili più a scheletri di mostri preistorici che a moderni manufatti dell'industria metallurgica.

Avevamo raggiunto il basso parapetto, e ci eravamo sporte a guardare di sotto: mi aveva colta una vertigine inebriante, incerta fra la paura e l'attrazione che esercitava quella vuota verticalità. Sembrava facile, e bello, poter volare da lì… Mi ero subito ritratta per andarmi a sedere su un cordolo di cemento addossato alle cisterne dell'acqua.

– E se si fosse buttato da qui? Anzi, e se l'avessero buttato da qui?

– Tu credi?

– Tutto è possibile, al punto in cui siamo. Se davvero in quella casa non c'è mai stato, questa è la sola alternativa…

– Nel qual caso…

– … dopo avrebbero inscenato il suicidio due piani più sotto.

– Ovviamente qualcuno che aveva le chiavi…

– Già! Il che vuol dire che il tutto era premeditato. E ben organizzato.

– Ma perché?

– Mica facile scoprirlo… Intanto bisognerebbe sapere cosa aveva indotto tuo fratello a venir qua. Già il fatto che non ti avesse detto niente, che ti avesse tenuto all'oscuro, lascia immaginare che si trattasse di una motivazione tutt'altro che banale. Evidentemente non voleva coinvolgerti. Dovresti parlare con quel Jack, o con la francese…

– Catherine… Intanto provo ancora a rintracciare Nabil.

Era inutile continuare a star lì: avevamo sceso le scale in silenzio, e sempre in silenzio ci eravamo incamminate verso la Nunziata. Mi aveva stretto le mani nelle sue, e poi era corsa su per il vicolo lasciando dietro a sé, me ne accorgevo solo allora, un fresco profumo di zagara.

Venti

Mi ero solo illusa di non dover più avere a che fare col Petracci: complice un pasticcio burocratico inerente alla fatturazione, Gian Paolo mi aveva di nuovo spedita ad Architettura. Viste le temperature polari, e il cielo che minacciava pioggia o, peggio, ancora neve, avevo preferito prendere l'autobus fino a Carignano, approfittando del fatto che nel primo pomeriggio i mezzi non sono mai così zeppi come in molte altre ore del giorno.

Ero salita su un 35 semivuoto, e ne avevo approfittato per sedermi. Alla mia stessa fermata era salito anche un bel ragazzo di colore, forse martinicano, che si era appoggiato a uno dei sostegni verticali nei pressi delle porte, proprio di fronte a me. Avevo avuto l'impressione che mi fissasse, e ne ero lusingata. In effetti non era la prima volta che lo vedevo: il lunedì precedente era seduto in disparte a leggere il giornale nel bar dove con Marcello andavamo a fare colazione quasi ogni mattina, e nei giorni successivi l'avevo incrociato un paio di volte in via Cairoli, mentre stavo tornando a casa. Va detto che non era uno che passasse inosservato: alto, palestrato il giusto, i capelli attorti in minuscole treccine, un profilo a dir poco perfetto… Ma quello che mi aveva colpito di più era l'abbigliamento: un casual raffinato e griffato che mi aveva fatto pensare che potesse essere un modello, un indossatore. Oppure un calciatore. Probabilmente era venuto da poco ad abitare in zona: via Cairoli abbonda di prestigiosissimi mini-appartamenti rifiniti da urlo, e super-accessoriati, affittati a cifre astronomiche a persone danarose che devono soggiornare per periodi più o meno lunghi in città. E quello mi sa che doveva essere proprio il caso suo.

Adesso aveva un paio di calzoni verde scuro, con grosse tasche all'altezza del ginocchio, che poggiavano con qualche piega su degli scarponcini Timberland. Sopra portava un piumino Moncler senza maniche, di una tonalità appena più cupa, infilato su un maglione grigio a coste larghe. Al collo aveva una kefiah di marca, tipo quelle che ora fa Gucci. Diversi braccialetti in cuoio nero e acciaio gli ornavano il polso. Nella tasca dietro aveva infilata una copia di *Le Monde*. Ero quasi certa che mi stesse guardando le gambe, proprio all'altezza dell'orlo del tubino che il cappotto sbottonato in basso lasciava intravedere. Per un attimo avevo pensato che fosse lì per me, e che da un momento all'altro dovesse farmi qualche avance, ma quando ero scesa lui non aveva fatto altrettanto, pur gettandomi un'occhiata dal finestrino.

Arrivata davanti alla facoltà ero subito salita, rinunciando al caffè programmato, per risolvere quella grana al più presto. Petracci non c'era, ma per fortuna aveva delegato a Mazzotta il compito di controllare i vari papiri amministrativi e accompagnarmi poi dalla segretaria che aveva protocollato il tutto: finalmente quel calvario era finito. E speravo di cuore che il tomo ormai prossimo al "varo" non sollecitasse lo spirito di emulazione degli invidiosi colleghi del chiarissimo prof., e non corressimo così il rischio io di essere sepolta da un'immane slavina di istogrammi da impaginare, Gian Paolo di diventare multimilionario e di conseguenza chiudere la casa editrice lasciandomi a piedi.

Ad ogni modo me l'ero sbrigata in fretta, e avevo potuto fare un salto da Caterina. Appena mi aveva vista si era presa il montone dall'attaccapanni e, senza farmi nemmeno entrare, mi aveva proposto un caffè rapido, nel bar di fronte:

– Tanto c'è la ragazza delle centocinquanta ore: la biblioteca è coperta… – si era giustificata.

Ci eravamo sedute nell'unico tavolino libero, vicino alla porta, alla mercè delle folate di vento che buffavano ogniqualvolta qualcuno entrava nel locale. Io non mi ero nemmeno tolta il cappotto.

– Alla fine ci sono andati.

– Chi? Dove?

– Quei due *besughi*: Marcheggiani e Petracci. Alla polizia.

– Per quell'affare di Buthu?

– Già…

Ci avevano portato la teiera di acqua bollente, le tazze e un cestino pieno di bustine di tè. Avevo frugato alla ricerca di qualcosa che mi desse soddisfazione, e avevo finito con lo scegliere una roba alla cannella. Arancia e cannella, per la precisione. Ma non sapeva né dell'una né dell'altra.

– Dimmi, su!

– Premetto che è una notizia di seconda mano: Petracci ha riferito della loro spedizione alla Floriana che a sua volta l'ha raccontata a me. Suppongo che il direttore sia stato reticente in merito ai dettagli più imbarazzanti. E che per parte sua la Floriana abbia calcato un po' sugli elementi di contorno…

– L'importante è che si siano decisi.

– Venerdì. Sono partiti venerdì. Verso le undici: dovevi vederli! Petracci era andato avanti e indietro fra il suo studio, la biblioteca e la segreteria per almeno due ore, aspettando che l'altro arrivasse. Appena è apparso all'orizzonte è corso come un razzo a recuperare il loden e l'ha subito raggiunto. Per me aveva paura che se la filasse…

– E poi? Come è andata?

– Pare che Petracci avesse già preso appuntamento col commissario, che li aspettava. E gli hanno raccontato più o meno tutto.

– In che senso più o meno?

– Nel senso che di comune accordo, anche con la Floriana, hanno omesso di specificare che, con tutta probabilità, Buthu ha usato carta intestata con la firma autentica di Marcheggiani.

– Quindi la versione ufficiale è che la carta l'ha rubata e poi ha falsificato la firma…

– Appunto. Il che solleva il dipartimento, e la facoltà, da responsabilità dirette. Almeno questo…

– E per il resto?

– Ovviamente hanno cercato di approfondire la questione del diploma falsificato. Per loro è impossibile che non se ne sia accorto nessuno.

– Quanto a questo, avrei dei dubbi: mica si può pretendere che un impiegato, foss'anche un funzionario, dell'università possieda simili competenze… E poi non penso capiti tutti i giorni di avere a che fare con diplomi di laurea emessi da università della Guinea, ti pare? Non si sono chiesti, invece, come hanno fatto a non accorgersi, quei due geni, che il tipo non ne capiva un *belino* di scenografia, regia e teatro in genere?

– Glielo avranno chiesto sì, ma questo penso che rientri a pieno titolo nel "fascicolo secretato" di Petracci!

– Che figuraccia!

– Sì, veramente una figura del menga!

– Ma te l'immagini le risate che si saran fatti dopo? Due cattedratici supponenti e sussiegosi beccati con la mano dentro il vaso della marmellata come due scolaretti! Che non sono stati nemmeno in grado di capire che quello non era laureato. Roba che sono ancora lì a schiantarsi dal ridere. Per me lo sanno già in tutti i commissariati di Genova: ma la sai l'ultima? E giù a sghignazzare.

– Comunque hanno convenuto che sia assai plausibile che tutto 'sto casino sia stato tirato su per far entrare clandestinamente immigrati che non avrebbero ottenuto regolarmente il visto.

– Delle autentiche volpi anche i celerini... Uno scontro fra titani! C'eravamo arrivate perfino noi che quello era uno scafista di lusso! E privo di qualsivoglia titolo accademico... Allora, che hanno deciso di fare?

– A quanto ne so, l'intenzione è quella di procedere con qualcosa tipo una rogatoria internazionale, per rintracciare Buthu...

– Il che non sarà facile: falso il diploma, falsi i documenti, ovviamente falso anche il il nome...

– Ma soprattutto per cercare di scoprire quanti siano riusciti in questo modo ad arrivare in Italia. E quanti possano esserci rimasti. Perché a sapere chi siano, per me, non ci arriveranno mai!

– Figurati!

– Non è nemmeno chiaro in che aeroporto siano atterrati: a Marcheggiani è stato detto a Milano, ma i biglietti non li ha visti nessuno.

– Idem per quello di partenza: vabbe' che Conakry è la capitale, ma ce ne saranno ben degli altri, di aeroporti. Magari più defilati. Con meno controlli. O più facili da eludere. Vale anche per l'Italia, naturalmente: vuoi mettere il dispiegamento di forza pubblica, chessò, di Pisa, o di Verona, rispetto a quello di Malpensa?

– Come cercare un ago in un pagliaio. Anzi decine di aghi in altrettanti pagliai. D'altra parte per il dipartimento la proposta era allettante proprio perché i viaggi erano a loro carico. Altrimenti mica si prendono in considerazione collaborazioni del genere: con i chiari di luna che corrono...

Avevo finito il tè. Era quasi l'ora di andare.

– Quindi, *al friggere*, la polizia è al corrente di questo sbarco di clandestini amanti del comfort, non si sa nel numero di quanti, tutti regolarmente "invitati" da Marcheggiani.

– Sì. Mettiamola così.

– E non si sono preoccupati delle possibili conseguenze? E se si trattasse di un'organizzazione terrorista? Se in mezzo a quelli ci fosse qualcuno, magari più d'uno, mandato a preparare un attentato? Qui in Italia, ma anche in Francia, a Londra, o da qualsiasi altra parte… Con l'Europa unita, una volta dentro, in fondo è facile passare le frontiere. Può essere che siano già a Madrid, o a Strasburgo. O a L'Aja…

– Sì, la Buthu *brigade*… Tu corri troppo con la fantasia! Quello ha solo trovato il modo di arricchirsi alle spalle di poveri cristi che fuggono da condizioni di vita disumane e sperano di trovare qui, da noi, una possibilità di ricominciare…

– Però, non dico se salta la *tour Eiffel* o il *Bundestag*, ma se solo un sudanese imbestialito pianta un coltello nella pancia a un connazionale che si è fatto sua moglie in una *banlieue* di Marsiglia, e si scopre che è finito lì grazie a quell'imbecille di Marcheggiani… Sai che ridere?

– Nel qual caso il preside lo fa a fettine. E il Magnifico le dà da mangiare al suo gatto.

– Povero micio! Io vado, che a casa ho una lavatrice da fare.

– Con 'sto tempo?

– Secondo mia madre domani dovrebbe essere bello. L'han detto in tv. E lei ha pensato bene di telefonarmi alle sette e mezza del mattino per comunicarmelo. Una scusa come un'altra per informarsi se il prossimo fine settimana sarei salita…

– Allora vai su, sabato…

– Per forza: in caso contrario son sicura che troverebbe modo di mandare una squadra di marò a prendermi.

– Nell'eventualità chiamami: in genere son dei gran bei figlioli, quelli!

Ventuno

In effetti il giorno dopo era tornato il bel tempo: mia madre aveva avuto ragione. Come quasi sempre, peraltro. E bello lo era stato anche il giorno dopo, e quello dopo ancora. Per cui non potevo accampare scusa di sorta: quel weekend dovevo per forza andar su, visto che tra l'altro era pure il compleanno della Luisa, e mia mamma mi aveva affidato l'arduo compito di comprarle un vassoio in silver, un genere merceologico che secondo lei sul territorio ovadese era poco e mal rappresentato. Sicché ero salita abbastanza presto e l'avevo accompagnata dalla cugina che ancora per qualche giorno avrebbe tenuto il braccio al collo, dispensando mio padre dal dover passare il pomeriggio a sorbettarsi i *ceti* di mezzo vicinato. Prima che facesse buio avevo riportato mamma a casa, a preparar la cena, ed ero andata all'appuntamento con Carla.

Avevo capito subito che qualcosa non andava. Già da quando, imbacuccata nel montone scuro, era apparsa in fondo alla piazza semideserta. Dalla sciarpa lilla attorcigliata almeno tre volte intorno al collo emergeva solo la punta del naso arrossata dal freddo: l'inverno, quell'anno, non ne voleva proprio sapere di mollare…

Eravamo entrate rapide nel chiassoso tepore del nostro solito baretto, i cui vetri appannati sembravano affidare alla loro lattiginosa cortina il compito di ergersi a estrema difesa contro il gelo notturno. Ci si era liberate in fretta, sebbene a malincuore, di guanti, berretti e sciarpe, ammonticchiati alla rinfusa sul divanetto. Luca, premuroso, ci aveva sottratto montone e pelliccia per andarli ad appendere nel piccolo ma funzionalissimo guardaroba di recente inserito fra la porta della cucina e l'ingresso del bagno. Carla era franata, scura in volto e con un'aria assorta, sui cuscinotti zafferano screziati di un bel viola pervinca.

– Ho come nell'idea che marchi male…

– Direi che male è soltanto un'approssimazione per difetto.

Nel frattempo era comparsa una brunetta in pantacollant, elegantemente pencolante su un paio di stivaletti dal tacco prodigiosamente alto: l'ennesima delle cameriere che in quegli ultimi mesi si erano avvicendate nel locale, capitolate una dopo l'altra davanti all'esuberanza di una clientela poco propensa ad accondiscendere ai basilari principi del vivere associato.

– Cosa vi porto?

– Il solito – aveva sibilato Carla.

– E che cos'è per voi "il solito"? Perché per i vostri vicini di destra pare essere il mojito, per quelli di sinistra è sicuramente il Negroni... – aveva esibito un volenteroso sorriso, appena offuscato da un misto di esasperazione e stanchezza. – Sapete, sono nuova…

– Per noi "il solito" sarebbe il Nero d'Avola, ma andrebbero benone anche due bicchieri di Syrah.

– Vado a chiedere… Ve le porto due *panissette*? Lo chiedo perché non a tutti piacciono…

– Portale, portale, porta pure tutto quello che c'è!

Carla giochicchiava con le frange della tovaglietta ostentando indifferenza. Sapevo che il fine settimana precedente sarebbe dovuta andare per la prima volta a Viterbo, da Alberto: qualcosa non doveva aver girato per il verso giusto… In effetti anche al telefono mi era sembrata strana, ma eravamo di fretta tutt'e due e non ci avevo fatto troppo caso. Avevo aspettato che la ragazza scodellasse dal vassoio sul tavolino i due *baloon* di Syrah col relativo contorno aperitivale, ivi compreso un piattone ricolmo di *panissette*, evidentemente poco in sintonia con i gusti dei più, ed ero entrata subito in argomento:

– Com'è andata a Viterbo?

– Niente di che…

– In che senso, niente di che?

Aveva preso a piluccare svogliatamente una tartina alle uova di lompo, orrido surrogato del caviale, che si erano generosamente sparse sulla tovaglia.

– Ma non ti hanno sempre fatto schifo le uova di lompo?

– In effetti sì…

– Allora, lo hai visto Alberto?

– L'ho visto, l'ho visto…

– E…

– E… non saprei…

– Come, non sapresti?

– Non saprei, proprio non saprei…

La cibaria era rimasta praticamente intatta, ma avevo già finito il vino, attanagliata dalla curiosità. Meno male che Luca se ne era accorto ed era arrivato solerte a riempire nuovamente il bicchiere.

– Mi vuoi raccontare o preferisci parlare d'altro? – avevo chiesto d'un fiato, sperando vivamente che optasse per la prima alternativa.

– Se vuoi ti racconto, ma non è che ci sia quel granché da dire…

– Bene! Andiamo per ordine: hai preso un giorno di permesso e sei scesa sabato, in treno…

– E già il viaggio è stato allucinante: partenza alle otto da Milano.

– Da Milano?

– Sì perché il signor Trenitalia, che dio lo strafulmini, parte dal concetto che tutti abitino a Roma o a Milano. E infatti ho cambiato due volte: a Termini e a Roma Ostiense. Comunque sono andata in auto fino a Voghera all'alba delle sei per acchiappare una tradotta che mi facesse arrivare per le sette e mezza in Centrale.

– Quindi i cambi, in definitiva, sono stati quattro...

– Già! Per arrivare a Viterbo attorno alle tre del pomeriggio, con un ritardo complessivo di un'ora buona...

– Che sfiga...

– Mah, tanto non sarebbe cambiato un *belino*!

Vedevo che iniziava lentamente a montarle una rabbia sorda, forse più rivolta verso se stessa che verso altri.

– In che senso?

– Nel senso che prima mi chiama sette volte per sapere se il viaggio procedeva bene, per informarsi sui ritardi, per chiedermi se ero coperta a sufficienza, viste le temperature artiche, eccetera. Poi, quando lo chiamo io una mezz'oretta prima dell'arrivo, mi comunica che non riesce a venire a prendermi alla stazione. Di aspettarlo in albergo.

– E come mai non riusciva a venire a prenderti in stazione?

– Mi ha detto di essere stato trattenuto a scuola... una riunione...

– Di sabato pomeriggio?

– Di sabato pomeriggio! A suo dire un'emergenza estrema, essendosi una supplente ribellata al suo supplito...

– Vale a dire?

– Che la tizia aveva reso noto al preside, fascio tutto d'un pezzo, che il collega che stava sostituendo, considerato poco meno che la pietra angolare del liceo, in realtà era un lavativo, ed era indietro col programma da matti.

– E in tutto questo Alberto che c'entrava?

– Pare che copra funzioni prossime a quelle di vicepreside, anche se vicepreside non è...

– E quali funzioni sarebbero, visto che non è vicepreside?

– Boh? Non ha specificato... deve essere in una qualche commissione... e forse prende troppo sul serio il suo ruolo. Forse prende troppo sul serio anche se stesso...

– Comunque la mossa di farsi aspettare in albergo non è niente male... – avevo sogghignato ammiccando. Ma era rimasta imperturbabile. Neanche l'ombra di un sorriso.

– Ad ogni modo, uscita dalla stazione mi sono avviata passin passetto verso l'hotel...

– Carino?

– Veramente... devo dire veramente carino... nel centro storico, vicino alla cattedrale... sul retro aveva una splendida terrazza che dava sulla valle... un colpo d'occhio spettacolare!

– Sicché ti sei accomodata in albergo...

– Sì. Prima son salita in camera: una bomboniera albicocca...

– Doppia?

– Cretina! Oggi sono tutte doppie! Mi sono sistemata, ho fatto una doccia rapida e sono scesa a prendere un caffè decente. Tanto per far andar giù quell'osceno tramezzino che avevo ingurgitato in fretta e furia a Termini. Intanto erano venute le quattro come niente.

– E lui?

– Lui si è manifestato attorno alle quattro e mezza, bello fresco e riposato che non ti dico.

– E poi? – friggevo sul divanetto come un uovo al tegamino. Intanto Luca mi aveva già elargito il terzo rabbocco. Del suo, di Syrah, Carla ne aveva appena sorbito qualche sorso. E salatini e patatine erano rimasti intonsi. Di lì l'aria perplessa di Luca, che ci conosceva come due notorie assatanate dello stuzzichino da aperitivo.

– Qui viene il bello: con aria sussiegosa chiede alla reception di me, anzi, della signora Baretto, e il tipo chiama in camera, ovviamente senza trovarmi, visto che ero seduta al bar a godermi la vista offerta dalla terrazza. A sentire che in camera non c'era nessuno, non ti inizia a inveire contro il povero portiere sbraitando che era impossibile che non ci fosse nessuno, che non sarei certo uscita senza avvertirlo?

– In effetti tutti i torti non li aveva…

– Per fortuna, riconosciuta la voce, mi ero affacciata dalla porta a vetri, interrompendo una diatriba che si preannunciava infinita.

– Tutto è bene quel che finisce bene… Gemini chiama Houston: aggancio effettuato!

– Però quell'aggressività mi aveva lasciata un po' così… non me l'aspettavo proprio.

– Aggressività… magari era solo scocciato per essere arrivato in ritardo… Per avere meno tempo a disposizione…

– Meno tempo? Sta' a sentire qui: naturalmente mi ero immaginata che si sarebbe andati a zonzo a vedere le bellezze locali…

– E invece?

– Invece giracchiamo un tre quarti d'ora lì attorno fra i negozi semideserti del centro storico, giusto il tempo di sciorinarmi una lezione di storia sul Palazzo dei Papi, che peraltro conoscevo a menadito, essendomi ampiamente documentata prima…

– Wikipedia?

– Wikipedia! Indi, tieniti forte: insiste per portarmi a casa sua.

– Wow!

– Wow un corno! Vive con mammetta!

– Ancora? Alla sua età?

– Ebbene sì… La quale mammetta, ottantenne arzilla e agghindata come la regina Elisabetta, ci aspettava giusto giusto in giardino, sfidando i gelidi venti maremmani…

– Ma va'? – mi era scappata un'irrefrenabile risata.

– Ridi, ridi… un'ora a ciucciarmela mentre magnificava le sue stupende piante di rose, per inciso belle stecchite, considerata la stagione, e le particolari tecniche di potatura e di innesto che le rendevano le migliori del circondario. Io stavo seccando dal freddo. Alla fine, grazie a dio, eravamo entrati in casa, una casa in ghingheri come mamma', zeppa di mobili d'epoca e di ninnoli di strabiliante valore antiquario: pare sia la loro passione. Di madre e figlio. Ci ha fatto accomodare nello studio di Alberto, preoccupantemente rococò, assentandosi subito per andarci a preparare il tè.

– Finalmente soli!

– Oh, sì, finalmente soli: così ha avuto tutto l'agio per illustrarmi la sua collezione di libri antichi... Prime edizioni di Gozzano e D'Annunzio, perfino la Ventisettana di Manzoni... Cheppalle! Poi arriva mamma con tè e biscottini, piazzati su un vassoio d'argento con tanto di centrino all'uncinetto. Ridendo e scherzando – si fa per dire – son passate due ore. Proprio l'ora giusta per andare a cena.

– Dove ti ha portato?

– Dove ci ha portate, vorrai dire? Non crederai mica che la signora sia rimasta a casa, vero?

– Non ci posso credere!

– Credici, credici! Perlomeno il ristorante era molto grazioso. Non hai idea di cosa si sia scofanata la vecchietta... Per fortuna, perché lui non mangia un *belino*, e in più ha gusti ributtanti: pensa che mette l'aceto balsamico, e immagina che razza di aceto balsamico ti propinino sotto la linea La Spezia-Rimini, sul carpaccio di carne!

– Bleah!

– Io, il carpaccio me lo sono preso con i tartufi. Neri, ma tartufi... E poi non ti va a ordinare la stracciatella?

– *A menestrinna cu e öve...*! Che come dice la famosa canzonetta *a fa ciù fitu xi a coxe ma a l'è in mangia du belin!* La saggezza dei vecchi...

– In compenso sua madre si è pappata la coda alla vaccinara...

roba da matti! In ogni caso alle dieci avevamo finito, mi hanno accompagnato in albergo e alle dieci e mezza ero già a nanna.

A quel punto si era scolata d'un fiato il mezzo bicchiere di Syrah e avava chiamato la povera cameriera, ormai estenuata dallo sgambettare per il locale, per farsene portare un altro.

– E non è mica finita qui...

– Di peggio non so pensare...

– Sulla porta dell'albergo, mi stampa due baci sulle guance...

– ... almeno quelli...

– ... e mi fa: «Mi spiace ma domani mi è sopraggiunto un impegno. Tanto tu dovrai partire presto, suppongo...».

– E che cavolo di impegno aveva?

– Doveva accompagnare mamma dalla sorella che sta in un paesino vicino. In corriera, dal momento che la patente non ce l'ha...

– Allucinante! Un vero sfigato! Proprio un perfetto ritratto da latin lover di provincia... Eppure, da quanto mi avevi detto, mi era parso che fosse uno che mirasse al sodo...

– Si vede che rende meglio in trasferta... Oppure al telefono... Ma il massimo lo esprime via mail... Fatto sta che l'indomani mi son vista con calma la Cattedrale e il Palazzo dei Papi, riscontrando fra l'altro qualche incongruenza rispetto alle spiegazioni sciroppatemi da Alberto. Ho comperato un dolce locale da portare ai miei e alle tre me ne sono andata a prendere il treno.

– E adesso che hai intenzione di fare?

Aveva iniziato a infilarsi i guanti e si era diretta a prendere il montone. L'avevo seguita incredula. Avevo messo su la pelliccia e mi ero annodata la sciarpa al collo. Un attimo dopo eravamo nella piazza luccicante del ghiaccio incrostato sulle lastre della pavimentazione. Roba da spaccarsi una gamba.

– E adesso che hai intenzione di fare? – avevo ripetuto spandendo una nuvoletta di fumo dalla bocca. Fumo per fumo, tanto valeva accendersi una sigaretta. Se ne era accesa una anche lei.

– Mah… come amicizia va benone. E tanto, adesso, non ho nient'altro per le mani… Può darsi che col tempo…

Non mi sembrava convinta. Non lo ero nemmeno io. Forse era meglio, in quel frangente, darle corda. Non l'avevo mai vista così depressa, mi spiaceva infierire. L'auto era posteggiata due strade più in là. In giro non c'era anima viva: tutti barricati in casa per la cena.

– Io, se fossi in te, lo manderei a cagare!

– Hai ragione! Che s'impicchino! Lui e sua madre. Fanculo!

Ventidue

L'inizio della settimana successiva era stato semplicemente apocalittico: l'apertura del secondo semestre di corsi universitari aveva scatenato sulle nostre teste una sorta di "tempesta perfetta", fatta di continue e pressanti richieste da parte dei docenti di ristampe, aggiornamenti, disponibilità immediata dei testi addottati che avevano pubblicato presso la nostra casa editrice. Gian Paolo passava metà buona della sua giornata a bestemmiare contro tutti quegli imbecilli di professori che avevano trascorso il mese prima a grattarsi invece che occuparsi per tempo delle adozioni, e dei problemi che potevano creare. A noi, soprattutto. Non è nemmeno il caso di sottolineare che la metà rimanente della giornata era impiegata a inveire contro di me, visto che secondo lui avrei dovuto provvedere a contattare gli autori notoriamente negligenti, sbadati, arruffoni, che ovviamente sapevamo benissimo quali fossero, essendo poi, da anni, sempre gli stessi. Per parte sua, Marcello si dannava come un matto a impachettare quanto avevamo di giacente in magazzino, e a contattare il corriere di cui ci servivamo per le spedizioni.

Fra le altre cose ero pure dovuta ritornare ad Architettura per portare di persona al Petracci le prove di copertina: in verità gliele avevo spedite via mail almeno quattro volte, senza peraltro ottenere in risposta il minimo cenno, non dico di gradimento o di eventuali correzioni, ma neppure di avvenuta ricezione. Arrivata su e presentatami nel suo ufficio con garbo, ma ahimè priva di appuntamento, mi ero sentita dire di malagrazia che non mi aveva risposto perché andavano bene.

– Tutte e tre? – gli avevo chiesto, evitando con cura di aggiungere che, per quanto importante e strapagato, il suo libro di copertina ne doveva avere una e solo una, come tutti gli altri libri stampati su questa terra, mica tre... Aveva risposto di scegliere io, anzi, meglio che mi consultassi con Mazzotta. Il quale Mazzotta, in compenso, era stato più di mezz'ora con il naso su quei maledetti fogli, incerto fino all'ultimo se fosse meglio lo sfondo nero, senz'altro più sobrio, o quello bordeaux, di maggiore impatto sui possibili acquirenti. Roba da pazzi...

Avevo anche fatto un salto da Caterina, per informarmi sugli sviluppi del caso Buthu, ma era di fretta e mi aveva liquidato col dirmi che il commissariato aveva confermato, ammesso ce ne fosse stato bisogno, l'assenza del suo nominativo non solo fra i laureati dell'Università di Conakry, ma anche nelle liste anagrafiche dell'intera Guinea. Quanto ai beneficiari dei viaggi aerei nulla ancora si sapeva, se non il loro numero, sessantacinque fra l'una e l'altra tornata, nella stragrande maggioranza uomini, che avevano tutti passaporto guineano, ovviamente fasullo. Tutti erano partiti dall'aeroporto di Kankan, con cambio a Conakry e Bruxelles. E nessuno si era accorto della gabola: sicuramente, i documenti erano stati ben falsificati, ma altrettanto sicuramente di fronte a promettenti quanto disagiati cultori della settima arte, con tanto di *imprimatur* accademico, la dogana non doveva essersi spesa troppo in accertamenti... A detta di Caterina, la quale riferiva le cose apprese dalla Floriana, era assai probabile che nessuno di loro fosse della nazionalità dichiarata sul passaporto: niente che non sapessimo o immaginassimo, già da prima, in fin dei conti. Solo con un tocco di ufficialità in più.

Verso le cinque avevo finito, sicché mi era venuto in mente

di passare dalla Zorzi, per informarmi sui costi d'acquisto e di installazione di un modello di caminetto a bio-etanolo che avevo adocchiato nel book dei suoi lavori in occasione della visita fattale in compagnia di Prini: sarebbe stata davvero la soluzione ideale per le stanze che andavo, con lentezza, allestendomi nei vani liberi sopra la casa dei miei, al paesello. Era stata prodiga di informazioni, la Zorzi: il delizioso aggeggio non necessitava di canna fumaria, cosa per me essenziale, visto che avevo a che fare con muri in pietra spessi cinquanta centimetri. Poi avrei potuto scegliere da un ampio ventaglio di forme e misure. Non ultimo, al combustibile si poteva aggiungere qualche goccia di olio essenziale, sortendo così l'effetto non accessorio di profumare l'ambiente. L'unica pecca era il costo, altissimo, almeno per le mie finanze. Mi aveva dato qualche dépliant, un suo biglietto da visita, e ci eravamo salutate perfino con un certo calore.

Le sei: avevo già percorso qualche passo in discesa, con l'intenzione di dirigermi alla stazione del metrò di San Giorgio, quando mi era venuto l'uzzolo di andarmi a sedere in uno dei baretti di piazza delle Erbe per sfogliare in pace gli opuscoli informativi dispensatimi dalla giovane architetta, magari davanti a un bel bicchiere di vino. Così avevo fatto dietrofront ed ero risalita verso il luogo topico della *movida* genovese, animatissimo anche grazie al deciso, ma solo temporaneo, a quanto diceva mia madre, innalzarsi della temperatura verso livelli più accettabili. Individuato un tavolo libero in posizione strategica sotto un "fungo" riscaldatore, mi ero seduta e avevo tirato fuori dalla borsa i fascicoletti in cui era racchiuso tutto lo scibile in merito al nuovo oggetto del mio desiderio, in attesa che si facesse vivo qualche cameriere. D'un tratto mi era comparso davanti il tipo dell'autobus: quel bel ragazzo di colore che mi era parso mi "puntasse" qualche giorno prima.

– Le spiace se mi siedo a farle un po' di compagnia?

Ero sobbalzata sulla sedia. Nel frattempo si era già seduto accanto a me, posandomi la mano dalle unghie perfettamente curate sul braccio. D'istinto avevo fatto per alzarmi, svincolandomi da quella stretta appena accennata.

– Non avrà mica paura dell'uomo nero, vero? – mi aveva detto con tono ironico, e con un suadente accento francese, allargando le labbra in un sorriso.

– No, si figuri... Solo che avrei da fare – avevo replicato impacciata, esibendo, a prova, il mio plico di libretti.

– Si occupa di edilizia? Strano, non avrei detto...

– Non penso che la riguardi dove lavoro! Scusi, non ho quella gran voglia di far conversazione: preferirei starmene da sola...

– Stressante, vero, il lavoro in casa editrice? – aveva ribattuto alzando la mano per attirare l'attenzione del cameriere.

– Ma lei chi è? Cosa vuole da me? Se non la pianta lo chiamo io il cameriere. Anzi chiamo direttamente la polizia! – gli avevo sibilato alzandomi. Mi aveva sospinto con gentilezza di nuovo sulla sedia. Il ragazzo del bar stava dirigendosi verso di noi.

– Non si preoccupi, è già qua, la polizia...

L'avevo guardato con espressione interdetta mentre si stava rivolgendo al giovanotto col vassoio sottobraccio e il taccuino delle ordinazioni, pronto a registrare la nostra.

– Per me un primitivo di Manduria. Glielo consiglio, Nadia, qui ne servono uno davvero eccellente.

Ero rimasta letteralmente senza fiato. Ragion per cui il cameriere si era appuntato due primitivi, aveva girato sui tacchi e se n'era andato.

– Dominique Éluard. Sono dell'Interpol – mi aveva comunicato con la stessa aria soddisfatta con cui un prestigiatore tira fuori un coniglio bianco dal cappello a cilindro. Poi aveva estratto dalla tasca interna del giubbotto Armani il distintivo, che mi aveva esibito aprendo con il pollice la custodia nera in cui era racchiuso. Ero sbalordita! Dovevo aver balbettato qualcosa che non ricordo proprio mentre era di ritorno il ragazzo con i due bicchieri. Li aveva posati con aria stranita sul tavolo, poi era di nuovo sparito ad approvvigionarsi di patatine e pizzette. Neanche lui doveva aver capito bene cosa stesse succedendo.

– Veramente eccezionale! Assaggi… E guardi che in Francia i buoni vini certo non mancano.

– Me lo dice, o no, che cosa vuole da me?

– Niente… O quanto meno niente di disdicevole. A dirla tutta è lei che è andata a mettermisi fra i piedi. Io ne avrei fatto volentieri a meno.

– Guardi che non capisco proprio…

– Se ha solo un po' di tempo, le spiego.

In tutta risposta avevo buttato giù un bel sorso di vino. Niente da dire, aveva ragione: era davvero di qualità eccellente.

– Qualche tempo fa lei ha trovato un ragazzo morto in un vicolo nei pressi del suo ufficio…

– Sì, ma che c'entra?

– Se mi lascia finire…

Avevo iniziato a sbocconcellare un salatino, senza in verità averne molta voglia.

– Dunque, come mi pare abbia capito anche da sola, non si tratta di morte accidentale, e nemmeno di suicidio.

– E di che cosa allora?

– Di che cosa non le deve interessare, almeno finché ci sono le indagini in corso. Le basti sapere che è una pista che stiamo seguendo da tempo. Una pista accidentata, visto che per nostra sventura è battuta anche da detective improvvisati, che sarebbe meglio si occupassero un po' di più delle proprie attività e un po' meno di quelle della polizia…

Ero lì lì per dirgli che la pensava esattamente come Prini, ma non me ne aveva dato il tempo.

– … lei non ha idea dei problemi che ci possono creare quanti, anche se spinti da buona volontà e da seri principi, intraprendono inchieste in maniera autonoma, senza renderci partecipi del loro operato. Problemi per noi e, purtroppo, conseguenze talvolta irreparabili per loro.

– Come nel caso di Amin?

– Il dottor Amin Oguibe ha avuto la ventura di subodorare l'esistenza di un affare illecito. E la sventura di farsi venire in mente di poter risolvere la cosa da solo. E questo è stato il risultato: bisogna avere fiducia nelle forze dell'ordine; a volte sembra che lavoriamo con lentezza, ma è un'impressione che deriva unicamente dal fatto che divulghiamo i risultati delle nostre ricerche solo quando sono compiute.

– Si tratta di sangue infetto, vero?

– Questo l'ha detto lei, non io. Comunque sia, prima il dottor Oguibe va in giro a far domande ricostruendo con una buona approssimazione la filza delle responsabilità in merito al traffico in questione. Naturalmente trascurando di prendere le precauzioni necessarie…

– Ma non potevate fermarlo in tempo? – l'avevo interrotto.

– Disgraziatamente siamo venuti a conoscenza del suo operato quando era già arrivato in Italia. Non abbiamo fatto in tempo a rintracciarlo. E a intervenire. Poi ci si mette anche lei…

– Non mi sembra di aver fatto niente di particolarmente grave…

– A dire il vero, no. Per fortuna non aveva gli strumenti per andare troppo a fondo. Però sarebbe meglio che la smettesse: non vorremmo che tutto questo suo agitarsi finisse con l'interferire con il nostro piano investigativo, col mettere sul chi vive chi invece ritiene di aver risolto definitivamente il problema. Non a caso la faccenda Oguibe è stata "archiviata" con una certa rapidità... Se credono di non aver più nulla di cui preoccuparsi, torneranno ad abbassare un poco la guardia, il che ci permetterà di mettere finalmente le mani su prove definitive. Perché va così, sa? Si può essere certi di quel che si vuole, ma senza prove non si ottiene nulla, se non la soddisfazione personale di aver risolto un rebus. Tanto vale comprare quel settimanale che va tanto di moda qui in Italia. Com'è che si chiama?

– *La settimana enigmistica*. Mio padre la prende sempre.

– Dovrebbe farlo anche lei. Le converrebbe.

– Allora è per questo che la polizia ha chiuso il caso così in fretta...

– Lei continua a fare illazioni che non posso certo confermare. E domande a cui non posso rispondere. Su, si metta il cuore in pace: per un po' si è divertita... Ma adesso basta!

Mi aveva dato un buffetto sulla guancia, con fare vagamente paternalistico. Poi si era alzato, aveva tirato fuori dalla tasca dei calzoni un fermasoldi d'argento di Dupont e aveva lasciato un biglietto da venti euro sotto la coppetta delle olive, rimaste intatte.

– La saluto, Nadia. È stato un piacere. Mi auguro di tutto cuore di non doverci più rivedere – mi aveva sussurrato sorridente porgendomi la mano. Che gli avevo stretto senza convinzione.

Ero rimasta sola. Ed ero a dir poco frastornata. Avevo ordinato un altro primitivo, fermandomi ancora un po' seduta al mio tavolino a riordinare i pensieri. Era ovvio che il tipo dell'Interpol fosse al corrente dei miei movimenti, visto che ero andata a sfrucugliare proprio dove sfrucugliavano già loro. E altrettanto ovvio era che si preoccupassero, vuoi dei bastoni fra le ruote che potevo finire col mettergli, vuoi, ma in subordine, dei rischi che avevo la possibilità di correre. Assai meno chiaro era fino a che punto fossero informati su quanto in realtà io e Kadigia avevamo scoperto. Sapevano ad esempio che Amin con tutta probabilità non aveva mai abitato nella casa dalla cui finestra si sarebbe buttato? Che plausibilmente era invece stato spinto giù dal tetto? Che lì c'era stato senz'altro attirato con l'inganno? Forse avrei dovuto chiederglielo. Ma era facile che non mi avrebbe risposto. Poi non aveva fatto parola di Kadigia: nemmeno menzionata. Saranno stati al corrente della sua esistenza? E della sua presenza a Genova? Forse no, visto che aveva detto di non essere riuscito a rintracciare Amin in tempo. Chissà se mi avevano seguita. Se ci avevano seguite nelle nostre spedizioni nella casa del farmacista. Lui no di sicuro, che me ne sarei senz'altro accorta: puoi essere dell'Interpol quanto vuoi, ma se sei pure un gran figo è difficile passare inosservato. Specie se ti metti alle calcagna di una donna.

Avevo finito l'ultimo goccio di primitivo, sensibilmente più rasserenata. Poi avevo chiesto il conto al cameriere che mi era parso mi avesse guardato storto: chissà cosa avrà potuto mai pensare. Magari a una coppia di amanti che si fossero appena lasciati. Oppure a due colleghi in disaccordo sulle strategie da seguire in azienda. O a una moglie tradita che si era rivolta a un investigatore privato per ottenere le prove dell'infedeltà del marito. Perché, come opportunamente mi aveva fatto notare Dominique Éluard, se non hai le prove con tutte le tue elucubrazioni ti ci puoi giusto sciacquare. Mi era caduto l'occhio sullo scontrino: ventiquattro euro. Avevo tirato fuori un biglietto da cinque dal portafoglio e l'avevo aggiunto a quello da venti già sul tavolo. E, contrariamente a quanto faccio di solito, me n'ero andata senza aspettare il resto. Una donna in piena crisi coniugale, con fra le mani quel gran bel pezzo di investigatore privato, non poteva mica fare una figura da taccagna, no?

Ventitré

Come previsto da mamma, o per meglio dire dal meteorologo di La Sette di cui era una strenua fan, le temperature avevano avuto di nuovo un calo repentino. Ero salita il sabato mattina, sul tardi, ed ero arrivata verso le undici. Mia madre era in cucina china sul tagliere a tritare, con la mezzaluna, una discreta quantità di aglio e prezzemolo. In una *fiammenghilla* le patate lesse fumavano ancora, in un'altra c'erano dei fagiolini bolliti già tiepidi.

– Son dietro a fare il polpettone. La Lina mi ha regalato un mucchio di fagiolini congelati, che lei ce n'ha il frezeer pieno, e non sapevo più come farli andare. Dammi un po' una mano e schiaccia le patate.

– Papà dov'è?

– Da qualche parte. Credo in garage. O in cantina.

Mi ero tolta il cappotto e avevo iniziato a ridurre le patate in poltiglia, con l'apposito arnese.

– Quando torna Valerio?

– Ma ma', è appena partito! Lo sai che nei primi mesi non gliele danno mai le ferie. Pensa che lavora anche il sabato… Andrò su io per Pasqua. Se va bene.

– Perché non dovrebbe andar bene?

– Non so. Era così per dire. Dipende da come gli va il lavoro…

– Perché se no potrebbe venir giù lui… Così, per una volta, faremmo la Pasqua tutti assieme.

Soltanto l'idea mi faceva venire i vermi: a parte che i genitori di Valerio, da bravi "levantini", e per di più con qualche soldo, erano gente *scubbia*, Silvana, la sorella, detestava tutti i Morbelli in blocco. Da sempre. O perlomeno da quando io avevo avuto l'ardire di mettermi con suo fratello: lesa maestà, praticamente. E non perdeva occasione per farglielo notare, a Valerio che, poveretto, per quel che poteva faceva di tutto per filtrare il distillato di veleno che usciva da quella bocca: «tua suocera è un continuo *ciapettare*: fa venire la testa come un pallone», «certo che tuo suocero è proprio una mummia...», visto che mio padre, in condizioni ostili, tende a chiudersi a riccio, e far passar la buriana. Ah!, già me la immaginavo la tavola imbandita, e attorno accomodati i miei pseudo-suoceri col vestito buono e l'aria compunta a sforzarsi di simulare una convivialità a dir poco da bagno penale, sezione isolamento. E la Silvana seduta sulla sedia in *zina*, quasi si dovesse alzare e andarsene da un momento all'altro, dritta come se le avessero ficcato una scopa su per il sedere, e la bocca a *culo di gallina* fissata in una smorfia perenne di disapprovazione e superiorità. E mia madre che ciarla a macchinetta per cercare di rendere meno evidente l'imbarazzo collettivo, confermando peraltro l'opinione di quella vipera. Proprio una visione da incubo: *brrr*!

Finito con le patate, mi aveva fatto fare a tocchetti i fagiolini, «belli piccoli, mi raccomando!», mentre lei si era messa a tritare un fettone di mortadella spesso due dita. Poi aveva versato il tutto in una terrina, aveva fatto passare per un po' a fuoco lento aggiungendo le patate e tre uova, mescolando con energia quel profumato e invitante amalgama che era finito entro breve in una teglia, successivamente appiattito con i rebbi della forchetta, spolverato di pan grattato, irrorato d'olio e infine ficcato nel forno già caldo.

– Però che traffico, eh, il polpettone... – avevo sospirato guardando la montagna di roba da lavare che stazionava nel lavello.

– A tuo padre piace. Poi per due giorni hai la pietanza già bella pronta, senza a stare più a *giaminare*.

Intanto aveva fatto la sua comparsa papà, imbacuccato come per una spedizione al Polo.

– Ah, sei arrivata. Come sono le strade?

– Hanno buttato una marea di sale. Un *paciugo* che non ti dico...

Mentre il polpettone se ne cuoceva nel forno, avevamo pranzato, chiacchierando del più e del meno. In particolar modo della Luisa, a cui avevano tolto il gesso e che avrebbe iniziato a breve un minimo di riabilitazione. L'avrebbe dovuta portare avanti e indietro papà: di lì la sua preoccupazione sulla condizione delle strade. Subito dopo mangiato, approfittando della bella, anche se gelida, giornata di sole, ero andata a girellare in giardino con mio padre, a constatare i danni fatti prima dalla neve, poi dal freddo che da qualche giorno era tornato a imperversare: mezzo alloro se ne era andato, bruciato dal gelo, e anche il vecchio mirto era messo proprio male. Pruni e ciliegi avevano molti rami spezzati, e così le acacie. Il corbezzolo invece ce l'aveva fatta, e sbandierava in faccia ai suoi simili meno fortunati le sue foglie di un verde intenso.

Il polpettone l'avrei mangiato il giorno dopo a pranzo, perché quella sera io e Carla eravamo a cena da Marina. Mi era passata a prendere attorno alle sette e mezza: era ancora di umor nero. Si capiva che la facciata presa con Alberto non l'aveva ancora del tutto digerita. Alle otto eravamo fuori del cancello che suonavamo al citofono: ci era venuto ad aprire Lorenzo, che aveva fatto posteggiare Carla sulla rampetta d'accesso al box. Avevano apparecchiato in cucina, un locale ampio diviso in due da un piano da lavoro in travertino chiaro: eravamo solo noi quattro, essendo Cinzia e Angelo partiti proprio quel giorno per la Val di Fassa, dove da anni andavano a fare la settimana bianca. Non c'era nemmeno il bambino, andato a un bivacco con gli scout. Bivacco per modo di dire: li avevano portati in una casa sul monte Leco gestita dagli scolopi, dove sarebbero stati amorevolmente accuditi da una torma di giovani donne volenterose che militavano nell'Azione cattolica.

– Lo mandi dai preti?

– In realtà, noi non è che siamo molto di chiesa, ma sai com'è... Ci vanno quasi tutti i suoi compagni di scuola... E poi è un ambiente sicuro, sano. In più è l'occasione di stare un po' all'aria aperta... – si era quasi scusata Marina.

L'aperitivo era stato allestito sul bancone: un magnifico prosecco accompagnato dalle famose olive all'ascolana che Lorenzo sapeva preparare meglio di uno chef a cinque stelle. E poi c'erano le acciughe avvolte attorno ai capperi, e delle polpettine di formaggio incrostate di noci tritate che Carla aveva divorato mugolando di piacere. C'eravamo infine seduti a tavola dove Marina ci aveva servito dei tagliolini verdi al sugo di fagiano, anzi, di fagiana, che erano veramente la fine del mondo. Fatti in casa, i tagliolini: dalla madre di Lorenzo che in materia di pasta fresca era considerata unanimemente una vera autorità.

– Tu che sei medico, hai mai sentito parlare di sangue infetto?

– Che cosa ti viene in mente, adesso? – mi aveva subito rimbrottata Carla, che sperava di dirottare la conversazione sui pettegolezzi locali.

– Tutti i giorni: non hai idea di quante precauzioni dobbiamo prendere per non beccarci l'aids...

– Non intendevo in quel senso...

– E in quale, allora?

– Volevo dire sangue messo sul mercato senza che vengano eseguiti regolari controlli.

– Perché il sangue si compra al mercato, adesso?

– No, Carla, lo si compra da aziende specializzate nel settore. Perlopiù, però, non si tratta di sangue: piuttosto di plasma.

– E la differenza?

– La differenza sta nel fatto che il plasma è una componente del sangue. Per la precisione è la parte liquida del sangue, da cui viene separata attraverso un processo di centrifugazione. Dopo viene congelato.

– Serve per le trasfusioni?

– Non solo: più banalmente è spesso usato per le analisi di laboratorio. Insomma, per gli esami diagnostici che tutti noi facciamo, o dovremmo fare, più o meno spesso.

Carla aveva ingurgitato con avidità la sua porzione di taglierini e si era diretta verso i fornelli a servirsene un'altra: per una volta la dieta poteva essere messa da parte. Oltretutto i carboidrati sono una panacea per gli stati depressivi. Infatti la sua disposizione d'animo era nettamente migliorata, da quando avevamo iniziato a dar di forchetta…

– Lasciando da parte queste specificazioni "tecniche", per tornare a bomba: che ne sai del plasma infetto?

– Niente di più di quel che sanno le persone mediamente informate: che una decina d'anni fa è scoppiato su un casino della madonna in cui era coinvolto l'allora direttore del Servizio farmaceutico del Ministero della Sanità. Duilio Poggiolini, te lo ricordi?

– Sì, mi par proprio di sì… Anche se non riesco bene a ricostruire i termini della questione: aiutami.

Marina aveva tolto i piatti, e portato in tavola una pirofila di quaglie al forno, ciascuna fasciata in fettine di lardo e guarnita con un rametto di rosmarino. Per contorno aveva preparato patate arrosto e carote al burro. Sinceramente non pensavo di farcela, a mangiar tutto.

– Chi fa a metà con me?

La mia domanda era caduta nel vuoto. Per fortuna Lorenzo aveva avuto pietà ed era andato a pescare da un cassetto un coltellaccio ben affilato con cui aveva tranciato in due il piccolo ma cicciottello pennuto. Me ne aveva scodellato mezzo nel piatto, posando l'altro mezzo nel suo.

– Era verso la metà degli anni Ottanta, mi sembra... A fartela breve, un discreto numero di pazienti che, per ragioni diverse, erano stati oggetto di trasfusioni hanno contratto l'hiv. E molti di loro ci hanno lasciato la ghirba. Dopo lunghe indagini, e un interminabile processo, si è alla fine stabilito che la ragione andava ricercata nell'impiego, da parte delle varie aziende ospedaliere, di emoderivati ottenuti da plasma proveniente da donatori infetti. Sul banco degli imputati, i rappresentanti di una nota casa farmaceutica che, evitando di fare i controlli del caso, o essendosene bellamente impippata dei risultati ottenuti, ci aveva fatto su un gruzzolo mica male. Con tanti, tantissimi zeri.

– E in seguito? Si sono più verificati casi analoghi?

– Qui in Italia, a quanto ne so, non mi pare. Adesso i Paesi più soggetti a rischio dovrebbero essere quelli dell'Est. Oltre al Centrafrica, ovviamente. Ma quella, dal punto di vista sanitario, è terra di nessuno.

A concludere la cena, due fettone di melone gialletto che, come sostiene Carla, *derscidia*: insomma, proprio quello che ci voleva per far andar giù quei piatti non proprio leggeri. Poi ci eravamo spostati in salotto, a goderci il consueto giro di grappe. E gli ottimi cioccolatini che avevamo portato alla padrona di casa, produzione a dir poco prodigiosa di una nota pasticceria di Ovada. Mi ero trovata a fissare l'imponente lampadario a gocce in cristallo rosso.

– Nuovo?

– Ce lo siamo regalati per Natale: adesso son di gran moda.

– Era carino anche quello che avevi prima.

– Sì, non era male. Solo che c'eravamo un po' stufati…

– Dimmi, Lorenzo, anche la Wurth produce emoderivati?

– E cos'è, 'sta Wurth? – aveva domandato Carla con l'aria stupita.

– Una casa farmaceutica svizzera. In realtà è una multinazionale. Però in Svizzera ha la sede. Dalle parti di Basilea – aveva risposto Lorenzo.

– Io non l'ho mai sentita nominare…

– Nemmeno io, prima. Però conosco il proprietario. O meglio, è come se lo conoscessi.

– Immagino che sia un buon partito… Cosa aspetti a presentarmelo?

– Ti ho detto che «è come se» lo conoscessi. In effetti non l'ho mai visto.

– Vi siete incontrati in rete?

– Ma non dire fregnacce! Ne ho sentito parlare. E basta. Mi sembra già tanto, no?

– Se lo dici tu…

– Però lo conosce bene la mia sartina.

– Ah be'… Allora è diverso!

– Comunque la Wurth non si occupa di emoderivati. In prevalenza fa vaccini e antivirali in genere. Tutta roba "ospedaliera": per questo il nome non è poi così noto. Industria seria, a quanto risulta.

Ero rimasta delusa: mi aspettavo di scoprire che lo Schiappacasse potesse essere implicato nel mercato clandestino di sangue. O nella sua manipolazione, per così dire, "disinvolta". E invece niente: «industria seria», secondo Lorenzo. Che quanto a spirito critico non aveva rivali. Avevo preso a centellinare il mio bicchiere di grappa al finocchio pregando che quest'ultimo, a prescindere dal tasso alcolico, esplicasse i suoi noti effetti sulla mia digestione. Ma niente: sembrava che la mezza quaglia mi si fosse ricomposta nello stomaco, integrando in sé anche l'altra metà che si era ingurgitata Lorenzo. Con tanto di zampette e piume. Una mezz'ora dopo levavamo le tende: la temperatura glaciale che c'era fuori, e attanagliava l'auto di Carla come ogni altra cosa, non aveva fatto che aggravare la situazione del mio apparato digerente. Non vedevo l'ora di essere a casa per farmi una limonata calda. Sempre sperando che non si svegliasse mia madre…

Ventiquattro

Il mercoledì successivo, alle quattro in punto, aveva chiamato Prini. Mi chiedeva se ero libera per un aperitivo: voleva aggiornarmi sull'avanzamento delle indagini. Ero lì lì per dirgli che non me ne importava più nulla, ma alla fine avevo rinunciato: temevo ci rimanesse male, visto lo zelo con cui cercava di impersonare il ruolo di "agente infiltrato" che gli avevo assegnato. Alle sette e quaranta avevo imboccato, tutta trafelata, via Luccoli. Veramente a quell'ora avrei dovuto essere già a Fossatello da almeno dieci minuti, a voler essere puntuali. C'ero arrivata invece col classico quarto d'ora accademico di ritardo, e l'avevo trovato, tranquillo e rilassato nella sua giacca di panno scuro, che si fumava il sigaro seduto a un tavolino in angolo, ben protetto da una delle paratie in vetro che riparavano il piccolo déhors da quel po' di vento che soffiava dal mare. Il bello del clima di Genova è che ti sa regalare dei giorni già primaverili anche nel pieno dell'inverno.

Non avevo fatto tempo a fiatare che era arrivato il cameriere con una bottiglia di Berlucchi nel secchiello del ghiaccio, con tanto di tovagliolo bianco a fargli da copertina, e l'aveva posata, sprecandosi in sorrisi, nell'apposito alloggiamento di una colonnina che, aiutandosi col piede, aveva accostato al nostro tavolo. Poi aveva acceso una lampada a infrarossi proprio sopra le nostre teste, e subito si era diffuso un bel calduccio che mi aveva fatto perfino pensare di potermi togliere il cappotto. Magari dopo un paio di bicchieri di vino.

Mi ero accomodata scusandomi per aver fatto così tardi.

– Guarda, due settimane, queste, che lasciamo perdere… A volte son seriamente convinta che siamo circondati da pazzi. O che perlomeno li intercetto tutti io… Va detto, però, che l'ambiente universitario è un ottimo brodo di coltura per maniaci e squilibrati. Adesso ci si è messa pure la Fieschi, che è a due passi dalla pensione… Le son capitati fra le mani un paio di esemplari di un suo volume con un fascicolo stampato al contrario. Ci devono essere sfuggiti… Speriamo che non ne saltino fuori degli altri…

Mi ero vista recapitare sotto il naso un piatto di *crudités* di mare che era uno spettacolo: ostriche, *bulots*, capesante, *amandes* e un sacco di lumachine, accompagnate dall'attrezzo per poterle agevolmente estrarre dal loro guscio.

– Franco! Ma non si era parlato di un aperitivo?

– A dire il vero questo *è* un aperitivo. Starà a noi continuare o meno. Parli di Gisella Fieschi?

– Perché, la conosci?

– L'ho vista una volta, quando le hanno svaligiato la casa.

– E te ne sei occupato di persona? Di un banalissimo furto, intendo…

– Solo quando ha iniziato a rompere tanto le scatole a tutti che è stato richiesto un intervento "dall'alto". Oltretutto è ammanigliatissima… Comunque le hanno fatto fuori un bel po' di roba, fra gioielli – sia antichi che moderni – e quadri. Soprattutto del Seicento.

– Vedi che un po' di giustizia c'è, a questo mondo? Li avete presi?

– I ladri? Figurati! Però volevo riferirti i risultati della mia operazione di intelligence. *Ahhrr ahrr.*

Avevo finto un certo trasporto, ancora indecisa se dirgli o no di Éluard. Le ostriche erano la fine del mondo.

– Pensa che certi non le mangiano perché hanno paura della salmonella…

– Matti da legare… da ricovero coatto! Se ne individui uno

mandamelo, che l'istanza gliela firmo a occhi chiusi. *Ahhrr ahrr.* Allora, ieri mi sono immolato alla causa – tua, peraltro – e ho fatto visita alla Casati per chiederle, adducendo il pretesto che sai, come stava procedendo il caso.

– E che ti ha detto?

– Che qualche giorno prima era andato da lei lo Schiappacasse.

– E allora?

– Scusa, l'altra volta mi hai *messo a perdere*, con lo Schiappacasse... Pensavo che ti interessasse sapere qualcosa di più.

– No, è che sono proprio stanca... Dimmi!

– È venuto dalla Svizzera alla fine della settimana scorsa, per le procedure del caso...

– Che procedure?

– Le solite: deposizioni varie, certificato di proprietà dell'immobile, dissequestro dell'immobile stesso.

– Perché, l'hanno dissequestrato l'appartamento?

– E mi sembrava anche l'ora! Io l'avrei fatto già da un pezzo, ma l'Antonia ha paura perfino della propria ombra!

Per una volta mi era andata di culo: se se ne fosse occupato lui, di Amin, col piffero che saremmo riuscite a intrufolarci in casa!

– E così via i sigilli, serratura nuova, e l'auspicio che sia più cauto nella gestione "a distanza" dei suoi beni.

– Visto che non è stato lui ad affittarlo a Amin, hanno scoperto chi lo ha fatto?

– Parrebbe di no. Ma quello è un vero ginepraio! Potrebbe essere stata la stessa persona a cui aveva affidato l'incombenza di seguire il suo patrimonio immobiliare, un tal Mantero, mi pare. Ma non si può certo iniziare a fare accertamenti infiniti basandosi su delle pure fantasticherie...

– Ci vogliono le prove. Lo so. Altrimenti tanto vale mettersi a fare *La settimana enigmistica.*

Mi aveva guardato con un sorriso denso di soddisfatto stupore, gli occhi che gli brillavano sotto le sopracciglia troppo folte: equivocando, aveva certo creduto di essere riuscito a educarmi. Almeno sotto il profilo investigativo, intendo.

– Comunque lo Schiappacasse sembra aver fatto colpo sull'Antonia.

– Ma va'?

– Avresti dovuto sentire come me ne parlava: elegante, raffinato, colto. Perfino galante. E a fare il galante con l'Antonia, ti assicuro, ci vuole un bel fegato!

– Mmm… un buon partito, allora! Se n'è già tornato in Svizzera o è ancora qui?

– Hai intenzione di accasarti?

– L'idea non mi ha mai sfiorato neppure di striscio. È che ho un'amica in carenza sentimentale. Almeno al momento…

– Vorrei ricordarti che è sposato…

– Questo non vuol dire: al giorno d'oggi i matrimoni si fanno e si disfano in un soffio.

– Che dici, li prendiamo un po' di gamberi?

Ero imbarazzata: non parlargli del mio incontro di qualche giorno prima mi sembrava una carognata, visto quanto si era prodigato per aiutarmi. D'altra parte non sapevo se Éluard lavorasse o meno di concerto con la polizia genovese, se fosse in contatto con la Casati… Alla fin fine, sia che nessuno fosse a conoscenza di alcunché, sia che l'Antonia avesse ritenuto di non dir niente a Prini, non potevo certo andare a spifferargli tutto, pur davanti a un bel piatto di gamberoni crudi. Tanto più che mi era di recente stato intimato, e con una certa fermezza, di farmi i fatti miei.

– E prendiamoci pure i gamberi!

Assieme ai gamberi, che poi erano gamberoni, avevano portato anche degli scampi e delle cicale: tutti già spogliati della loro scorza e adagiati su un letto di ghiaccio. Una porzione pantagruelica. Alla fine il cappotto me lo ero tolto.

– Com'è che sei finito in polizia?

– Te l'avevo detto, no? Per via di mio padre. Che voleva facessi l'avvocato come lui, nel suo studio. Che poi avrei ereditato assieme a tutta la sua ricca clientela.

– Mi pare che il non voler darla vinta a papà sia una motivazione un po', diciamo, "blanda" per fare il lavoro che fai.

– Parli così perché non conosci i clienti di mio padre: faccendieri, politici, palazzinari, broker "creativi". Grossomodo tutta la «Milano da bere» degli anni Ottanta. E i loro degni successori. Già rifiutarsi di portare avanti una simile "impresa di famiglia" lo considero di per sé un atto politico. Ovviamente nell'accezione originaria del termine. O quantomeno aristotelica.

– Ovviamente. Perché a voi la politica non interessa, vero?

– Non è che non ci interessa. Solo non possiamo esprimere le nostre inclinazioni. Ma non è che non le abbiamo. E ci sono tanti modi per far politica...

– Anche nella "pula"?

– Sì, Nadia, perfino nella "pula". E tu perché non sei entrata in polizia, visto che ci sei così portata?

– Ho fatto la paleografa, che poi, in fondo, è un po' la stessa cosa che far la poliziotta: solo che hai a che fare con «morti» diversi. Anche i manoscritti, sai, se ne stanno lì, zitti, con i loro segreti. E tu devi cercare di scoprirli, quei segreti, ricostruendo la filza di indizi che ti porteranno a capire perché son finiti proprio in quel posto. E perché dicono cose che non immagineresti. Che non dovrebbero dire. Oppure perché non le dicono affatto.

– E la casa editrice?

– È un buon posto. Il capo è un'ottima persona, e paga meglio di quanto io non sia solita lasciar intendere. E poi per la carriera universitaria non mi sentivo portata… Fra l'altro la mia prof., quanto a politica accademica, era proprio negata. Una vera frana. Avrei perso del tempo inutilmente.

Avevamo finito il vassoio di crostacei. E la seconda bottiglia di Berlucchi era quasi finita pure quella. Il cameriere era arrivato a liberare la tavola da piatti e posate, e a chiederci se gradivamo dell'altro. Avevamo declinato l'offerta di dolci dai nomi fantasiosi, tipo «le fragole si specchiano nel lago», e del limoncello offerto dalla casa, preferendo continuare a sorseggiare il nostro brut.

– Devo dirti una cosa.

– Oggesù, che aria seria! Che c'è che non va?

– Non so se faccio bene a dirtelo… L'altro giorno, in un bar di piazza delle Erbe, mi si è avvicinato un tizio. Pareva martinicano. Era da un po' che me lo vedevo attorno… Credevo che mi si volesse filare…

– Ti ha importunata?

– Era uno dell'Interpol. Tale Dominique Éluard. Credo sia francese…

– E cosa voleva?

– Dirmi di smetterla di ficcare il naso nella faccenda di Amin. Che stavo intralciando le indagini. Le «loro» indagini.

– C'è di mezzo l'Interpol? Strano… La Casati non me ne ha fatto parola.

– Magari non ne sa niente.

– Oppure non ha ritenuto necessario informarmi. Conoscendola, niente di più facile. Meglio così. Vuol dire che c'è qualche speranza di venirne a capo. Forse per una volta avevi ragione.

– Per una volta?

– Dai, che ti accompagno a casa.

Era entrato a pagare il conto, poi ci eravamo diretti a braccetto verso la stazione dei taxi di Caricamento. Sotto casa, prima che scendessi, mi aveva preso la mano e me l'aveva baciata.

Ero andata a letto sensibilmente più serena, e la mattina dopo mi ero alzata piena di energia. E di ottimo umore. Rarissima condizione dello spirito che, purtroppo, presto sarebbe stata destinata a dissolversi in una bolla di sapone. Appena arrivata in ufficio, infatti, mi aveva telefonato mia madre.

– La macchina di tuo padre non parte. Stamattina dovevamo andare a fare la spesa a Ovada…

– In che senso non parte?

– Non parte e basta! Anche tu, fai certi discorsi…

– Passamelo un po', va'…

– Adesso è in garage.

– Allora vai a chiamarlo, no?

Batteria a terra: vuoi che in effetti era vecchiotta, vuoi che era parecchio che non usava la macchina, per via della neve, il fatto era che non dava il minimo segno di vita. Avevo provato a convincerli ad aspettare fino a sabato, quando sarei andata su io, ma niente da fare: la spesa andava fatta. Improrogabilmente. Avevo perfino suggerito di chiamare il papà di Carla, per farla partire coi cavetti: neanche a parlarne! Mica lo si poteva disturbare per così poco. Non c'era altra soluzione: dovevo andare io, accompagnare mio padre dall'elettrauto, riportare indietro entrambi muniti di una nuova batteria, aspettare che venisse montata e recapitare nuovamente il tipo nella sua officina. Più farraginoso di così sarebbe stato difficile da pensare… Solo su una cosa ero riuscita a spuntarla: sarei potuta salire soltanto nel pomeriggio, visto e considerato che la mattina avevo un mare di cose da fare, e dovevo anche passare da casa a prendere l'auto. Per fortuna Gian Paolo era stato comprensivo, e non aveva mugugnato. Anche perché gli stavo sbucciando quella rogna della Fieschi, impegnandomi in un'operazione di fine diplomazia per cui mi sarei meritata un monumento. Equestre, per giunta.

Alla fine ero uscita dall'ufficio verso le due per andare a mangiare un boccone con Carla: era scesa per sostenere l'ultima tranche di un esame che sarebbe stato registrato nella sessione successiva: un escamotage largamente praticato da quando gli appelli erano stati stipati in brevi finestre temporali rigidamente fissate dalle facoltà. Anche Kadigia stava facendo lo stesso, per questo era da un po' che non la sentivo. Per le tre e mezza eravamo andate insieme a recuperare la mia macchina, ed eravamo salite assieme. Non erano nemmeno le quattro e me ne sarei già andata a dormire…

Venticinque

Guidavo pigramente sull'autostrada quasi deserta, immersa nei miei pensieri. La luna, come un immenso faro, illuminava le colline candide di neve, punteggiate da rare case: sembrava di attraversare un presepe. Solo le luci abbaglianti delle gallerie che foravano l'Appennino interrompevano a tratti quella visione di pace sospesa in un cielo liquido, cosparso di una miriade di stelle. D'un tratto era squillato il cellulare. Che avevo dimenticato in borsa: meglio soprassedere... lo avevo lasciato suonare. Era suonato di nuovo, e poi un'altra volta, e un'altra ancora: chi poteva mai essere? Non lo capiva che non potevo rispondere? O che non volevo? Magari erano i miei...

– Cheppalle!

Era meglio che mi fermassi all'Autogrill, quello sul ponte, appena oltre il Turchino. Non avevo fatto in tempo a posteggiare nei pressi del distributore che aveva ricominciato a trillare. Naturalmente si era andato chissà come a infognare proprio in fondo a tutto: quando finalmente l'avevo trovato non suonava già più. Il display mi informava che c'erano cinque chiamate perse. Tutte di Prini. Avevo guardato l'orologio: le sette meno un quarto.

«Che vorrà mai, a quest'ora?»

Un po' seccata, un po' incuriosita, l'avevo chiamato io. Niente da fare: numero occupato o irraggiungibile. Un attimo dopo il telefonino mi era preso a vibrare fra le mani: evidentemente stava chiamando proprio me...

– Ma dov'è che sei finita? È un quarto d'ora che ti chiamo!

– Sono in autostrada. Più precisamente ferma al grill. Avevo il telefono in borsa. Ho dimenticato l'auricolare…

– Senti, ti devo parlare: puoi fare un salto da me?

– Adesso? Non possiamo fare domani? Ho avuto una giornata un *cicinino* complicata. Sono frantumata.

– Ora, ora, meglio ora. Aspetta che ti spiego come fare a venire…

– Guarda che in Questura ci so arrivare da me… Ci son venuta un sacco di volte!

– Ma no! Non in Questura! Sono a casa…

– Allora dimmi un bar lì vicino. Stai in Castelletto, no? Facciamo ai Tre Merli, così mangiamo qualcosa?

– No, vieni da me. Ti aspetto sulla Spianata. Cerca di non metterci un secolo…

– Non mi istigherai mica all'eccesso di velocità, vero? Perché, nel caso, guarda che la multa me la fai togliere tu!

Doveva essere di pessimo umore, perché non aveva neppure riso. Non sapevo se fosse il caso di preoccuparmi o meno. Nel dubbio, avevo accuratamente evitato di fare congetture fino in prossimità di quella meta inattesa quanto inspiegabile. Appena imboccata la stradina che porta all'ascensore avevo intravisto la sua figura intirizzita dentro un giaccone imbottito, plausibilmente Fay, il volto affondato in una sciarpa chiara. Anche lui mi aveva vista, e a segni mi invitava a ficcarmi nella rampa ripidissima di un parcheggio scavato sotto un palazzotto signorile fine Ottocento. Con un telecomando aveva aperto la basculante e aveva seguito la mia auto a piedi. A destra, come d'incanto, si era sollevata un'altra basculante: era chiaro che dovevo parcheggiare là dentro, vicino a un mastodontico Suv Volvo canna di fucile. Ero scesa facendo prodigi di contorsionismo, onde evitare di rigarlo con la portiera. Era entrato trafelato mentre mi infilavo il cappotto.

– Non ti facevo il tipo da comprare una macchina da cagoni…

Avevo riso. Lui no.

– Vieni, su, che qui si gela…

Mi aveva presa sottobraccio e avevamo percorso la rampa in salita. Non sapevo cosa dire. La spianata ci offriva la visione di Genova, ai nostri piedi, inondata del chiarore freddo della luna piena, assorbito dalle lastre d'ardesia dei tetti e riflesso dalla superficie increspata del mare. La Lanterna, a intervalli regolari, tagliava la notte con il suo fascio luminoso, quasi a voler fare a gara con i raggi lunari. Volevo fermarmi un attimo a godere di quel panorama mozzafiato, ma non c'era stato verso: un attimo dopo mi ero trovata oltre un portone immenso, con Prini che armeggiava con la serratura di casa.

Accesa la luce, ero rimasta a bocca aperta: non me lo immaginavo così, l'appartamento di Prini! Un open space arioso col pavimento in parquet di un grigio chiarissimo che ben si armonizzava col bianco panna delle pareti. A interrompere l'ampiezza dell'ambiente, un pilastro tinteggiato in rosso, e rossa era pure la parete di fondo a sinistra dell'unica porta, di un bel grigio intenso. A destra l'angolo cottura, piastrellato in mosaico rosso brillante, con i pensili nero-lucido e un lungo bancone in marmo nero che lo divideva dal salotto, sobriamente arredato con un grande divano in pelle nera, una poltrona in *pendant* e una *chaise longue* Le Corbusier. Oltre la colonna, un tavolo rettangolare in cristallo con addossate quattro sedie Mackintosh, nere pure loro. Dovevo assolutamente andare a fare pipì…

– Caspita, Franco, che bella casa che hai!

– Non mi dirai che è da cagoni pure questa, vero?

– E tu non mi dirai mica che quello al muro è un Fontana vero…

– Lo è, lo è… ma non è mio.

– Non sapevo che li affittassero per far colpo sulle visitatrici occasionali…

– È di mio padre, come quell'altro, l'Alviani. È un collezionista, mio padre... Una delle sue tante manie...

Avevo ancora il cappotto addosso.

– Lo so che non fa *guei* fine, ma avrei bisogno di fare un salto in bagno...

– Oltre la porta, a sinistra. Intanto stappo una bottiglia, che con 'sto freddo è quello che ci vuole...

Oltre la porta si apriva un disimpegno abbastanza angusto, su cui davano altre due porte: una sicuramente del bagno, l'altra probabilmente della camera da letto. Anche il bagno aveva la parete di fondo piastrellata di rosso, come il pavimento, mentre il resto dei muri era di piastrelline di varie sfumature di grigio. Due porte scorrevoli di cristallo trasparente ricavavano un ampio vano doccia proprio di fronte all'entrata: non c'era traccia né di idromassaggio né di altre diavolerie consimili. Mi ero lavata le mani lasciandoci scorrere sopra, a lungo, l'acqua bollente: sul piano nero che accoglieva il grande bacile in vetro del lavabo, un flaconcino di Minias tradiva qualche problemino di insonnia. Avevo controllato allo specchio il trucco, che stranamente pareva non aver risentito troppo di quella giornata così incasinata. Però qualche ritocco lo avevo fatto lo stesso. Ad ogni modo, risolto il problema pipì, aveva cominciato a salirmi l'ansia di sapere che cosa mai ci facevo lì.

Tornata in salotto con il cappotto ancora in mano, ci avevo trovato Prini in maniche di camicia che versava in enormi *baloon* del vino di un bel rosso granato, appena screziato di arancio. Si era allentato la cravatta, sistemando sul tavolino basso due coppette con dentro, rispettivamente, olive taggiasche e pistacchi. Di Bronte, sicuro come l'oro: mi ci sarei giocata la mamma. Un piattino era stato approntato per raccogliere ossi e gusci. Seduta sulla poltrona, non stavo più nella pelle dalla curiosità...

Mi ero tolta la giacca pregando Dio di non avere, nel corso

della giornata, chiazzato la camicetta grigio perla con qualcosa, dal toner della stampante all'olio usato per condire le verdure al vapore mangiate con Carla. Per fortuna, per una volta, non era stato così. Avevo preso un sorso di vino.

– Barbaresco. Mi pareva di ricordare che ti piacesse.

– Il mio preferito… ma adesso vorresti degnarti di dirmi perché mi hai dirottata qui? Cos'è, che alla Celere avete perso quella sana abitudine dei buoni, vecchi mandati di comparizione? O di cattura?

– Ce l'hai presente il tuo Dominique Éluard? Bene: ho fatto qualche ricerca…

– Ah, l'agente dell'Interpol! E mi fai venire fino a qui, stanca morta, per…

– Be', non è dell'Interpol!

– E tu come fai a saperlo?

– Ma cavolo, Nadia, faccio il vicequestore, io!

– Ma sei sicuro? E chi sarebbe?

– Lo sai tu? Perché le due persone, titolatissime, a cui mi sono rivolto non ne hanno la minima idea…

Mi era andata l'oliva di traverso. Avevo preso a tossire.

– Che persone?

Mi ero accesa una sigaretta. Lui si era alzato a prendere un sigaro dalla tasca della giacca abbandonata sullo schienale di una Mackintosh. Si era anche tolto la cravatta e sbottonato un altro bottone della camicia. Sì, era decisamente peloso.

– Mah, quando ieri mi hai raccontato quella storia, subito me la sono bevuta. Poi, ripensandoci mi sembrava così strano…

– Strano cosa?

– Che uno dell'Interpol ti fosse venuto a cercare.

– Non so cosa ci trovi di strano!

– Lasciamo perdere… Diciamo che per sicurezza ho chiesto, senza entrare troppo nel dettaglio, a un funzionario della Magistratura se qui a Genova ci fosse in corso una qualche operazione di intelligence su scala internazionale... Non ce n'è di nessun tipo!

– Ma magari si tratta di qualcosa di meno strutturato, una pista occasionale...

– A parte che non funziona così, per scrupolo ho telefonato lo stesso a una collega dell'Interpol, che lavora a Milano.

– E...

– Niente: non esiste nessun agente di nome Dominique Éluard. Né francese, né martinicano, né di nessun altro stato al mondo!

– E allora chi era? Cosa voleva? Perché mi ha cercato?

– Non ne ho la più pallida idea! L'ho saputo alle sei e mezza, quando ti ho chiamato. Ci devo pensare un po' su. A mente fresca. Comunque è meglio che stanotte tu dorma qui.

– Ma sei fuori?

– Non preoccuparti: ti lascio la camera. Io mi sistemo qui sul divano...

– Chi dorme dove, nell'eventualità, lo si decide dopo... Me lo spieghi che ragione c'è? E poi non ho nemmeno lo spazzolino da denti! E neanche un paio di mutande di ricambio!

– Ma quella fuori sei tu! C'è un tipo losco forse della Martinica, sedicente francese, che si spaccia per uno dell'Interpol ma di cui non c'è traccia alcuna in nessun commissariato dell'*orbe terraqueo*, questo ti segue per una settimana ed è perfettamente al corrente di tutti i pasticci in cui ti cacci, e tu ti preoccupi di spazzolino e mutande?

Avevo cercato di ribattere ma niente: un fiume in piena.

– E poi stai tranquilla, uno spazzolino te lo recupero! Da qualche parte ne devo avere uno nuovo. O quasi. Per le mutande, purtroppo, non posso farci nulla: le mie ti staranno almeno sei volte!

Mi ero messa a ridere. Ma tanto da non poterne più. Anche perché me lo ero visto in mutande, con un paio di boxer di popeline a righe. Di una taglia esorbitante.

– Ma non potresti, nel tempo libero, fare yoga come tutte le altre? La mia ex due volte al giorno ci andava, in palestra… Mai che fosse a casa prima delle nove. Oppure il mezzopunto: adesso va un sacco di moda, sai? Lo fa perfino la Casati: dice che la rilassa!

Avevo riso tanto che avevo le lacrime agli occhi. A rischio che mi colasse il mascara sulle guance. Dovevo assolutamente ricompormi.

– Ma perché?

– Perché a fare il vicequestore si è spesso parecchio stressati, sai, visto che in circolazione c'è pieno di pazze come te…

– No, perché dovrei dormire qui! Non posso andarmene a casa mia? Chi vuoi che…

– Perché, puoi star sicura, a nessuno passerebbe mai per la testa che tu possa essere da me…

– E a chi dovrebbe passare per la testa?

Aveva alzato la voce:

– Non lo so! Lo vuoi capire che non lo so! Ti ho detto che ci devo pensare!

Poi il tono era tornato di nuovo pacato. Le labbra gli si erano aperte in un sorriso.

– Adesso però occupiamoci della cena: mi sembra di aver capito che la pasta non ti piace un granché. E se ci preparassimo un risotto?

– Vada per il risotto.

Ventisei

Ci eravamo trasferiti dietro il bancone. Avevamo portato con noi i due bicchieri, dopo averli rabboccati di vino.

– Che ne dici di radicchio e gamberi?

La sua calma quasi distaccata mi stava facendo venire i nervi...

– E dove li troviamo i gamberi, a quest'ora?

– Nel freezer...

– Ma ci vorrà una vita, a scongelarli!

– Mai sentito parlare di microonde?

Aveva tirato fuori il sacchetto dei crostacei, di dimensioni ragguardevoli: mi era venuta già l'acquolina in bocca, a dispetto dello stato di agitazione in cui mi aveva messo tutta la questione del falso agente. Nel frattempo, su sua indicazione, avevo aperto il frigo dove, in bell'ordine, erano sistemati contenitori pieni di zucchine, fagiolini, broccoli, pomodori, asparagi, scalogno, insalate varie e il radicchio in questione. In alto c'era un grosso trancio di salmone affumicato appena intaccato. Più in basso un *plateau* di formaggi coperto da una campana di vetro. Ero strabiliata.

– Sei diventato vegetariano?

– Lascia perdere... venti giorni fa ho ritirato l'esito delle analisi del sangue: da rabbrividire!

– Certo che con quelle schifezze che trangugi abitualmente, non c'è mica da stupirsi...

– Poi sono anche un po' sovrappeso...

Stavo per sottolineare come l'espressione «un po'» fosse un pietoso eufemismo, ma mi ero trattenuta. Aveva messo i gamberoni nel microonde, e avviato il timer.

– Penso che la camicia bianca sia poco indicata per trafficare fra i fornelli...

– Hai ragione. Vado a cambiarmi.

Era tornato di lì a poco in jeans e Lacoste blu. A parte gli avambracci troppo villosi non stava neppure male, in tenuta casual.

– Prendi anche lo scalogno. Eccoti il tagliere: rondelle sottili, mi raccomando... Qui c'è la terrina: ci andrebbe il burro, ma io dovrei evitare...

– Meglio l'olio, meglio l'olio!

Nel frattempo il timer aveva suonato: aveva preso i gamberi e li aveva adagiati su un altro tagliere, li aveva puliti e privati delle teste che aveva buttato in una pentolotta assieme a mezza cipolla, un pezzo di carota, uno spicchio d'aglio e una foglia d'alloro. Poi aveva aggiustato di sale, ricoperto d'acqua e messo il tutto a cuocere, coperto da un coperchio trasparente. Nel frattempo, portato diligentemente a termine il mio primo incarico, avevo preso a tagliare il radicchio a fili, con un coltello di ceramica: era la prima volta che ne usavo uno. Una volta finito, avevo schiaffato il tutto nella terrina dove già sfrigolava lo scalogno, con un'abbondante manciata di pinoli. Lui aveva aggiunto prima il riso, mescolando adagio, poi i gamberi sgusciati. Quella strana intimità mi stupiva, e cominciava a piacermi. Mi stavo rilassando. E stavo quasi dimenticando la situazione demenziale che mi aveva portata lì. Mentre sorbivo lenta il vino dal bicchiere, aveva aperto una bottiglia di prosecco della Valdobbiadene, versandone parte del contenuto nella terrina.

– Ci andrebbe lo champagne, ma sarebbe un delitto!

– Parole sante!

Aveva dato ancora una mescolata.

– Tira fuori il salmone e i formaggi, che io preparo tavola.

Ringraziavo quella dieta provvidenziale, paventando l'idea che avrei rischiato di mangiare la *casseula*, quella sera.

– Ti piace la *casseula*?

– Ma stai scherzando?

– Stai scherzando, ovvio che sì. O stai scherzando, ovvio che no?

– Ma no che non mi piace: è una roba orrenda! Cosa ti viene in mente?

– Niente, una semplice curiosità.

Col bicchiere in mano mi ero accostata a una delle due finestre che davano sul giardino. Ordinato ed essenziale. Quasi zen.

– Certo che sembreresti proprio uno da sposare. Come mai la tua ex s'è involata?

– Guarda che sono io, a essermene andato! Dai un po' una girata al riso, e aggiungi qualche mestolo di fumetto. È quello nel pentolino con le teste di gambero.

– Lo so cos'è, il fumetto! Scusa, da come avevi detto, che c'eri rimasto male, pensavo fosse stata lei a troncare.

Aveva sistemato il runner nero sul tavolo di cristallo, e tirato fuori dei tovaglioli rossi di carta, i piatti e le posate. Era comparso anche un cestino col pane. E una seconda bottiglia di barbaresco a dar man forte alla prima ormai ridotta a meno di mezza. Poi si era dedicato a tagliare il salmone a fette sottilissime, usando un altro coltello di ceramica, più lungo e affilato del primo.

– Ci son rimasto malissimo! Ma non tanto per lei: troppo diversi, non ci sopportavamo più… Solo che dopo la quarta convivenza che va a ramengo, inizio a convincermi di essere io il vero problema. Pensavo che fosse quella giusta.

– Quella giusta per cosa?

– Non lo so più nemmeno io… Dev'essere pronto. Tu porta in là salmone e formaggi, che l'assaggio. Mmm! Perfetto! Arrivo.

Aveva posato la terrina su un sottopentola al centro della tavola. Il profumo delicato del risotto stava a poco a poco saturando l'ambiente in penombra. Avrei dato un occhio pur di togliermi le scarpe: era dalla mattina all'alba che stavo appollaiata su quei trampoli, e non ne potevo proprio più. Il riso era ottimo. Niente da dire: un cuoco provetto!

– Secondo te è un agente segreto? Dominique, intendo. Ammesso che sia il suo vero nome.

– Ma non diciamo stupidaggini! Già me le vedo, le testate dei giornali: l'agente zero-zero-boh, dalla Martinica con furore, sventa un traffico internazionale di gamberoni grazie all'aiuto di una correttrice di bozze genovese…

– A volte sai essere proprio antipatico. Più spesso di quanto tu non immagini…

– E poi, che Éluard sia un nome fasullo lo si capisce distante un chilometro: mai letti i surrealisti francesi?

– … peraltro pseudonimo anche quello…

– Appunto!

– Bene, allora abbiamo a che fare con un ficcanaso buontempone, amante della letteratura, che si diletta a *ravanare* nelle vite degli altri…

I gamberoni erano fenomenali, il barbaresco splendido: peccato che ci fossero un morto ammazzato e un probabile criminale a guastare la festa…

– Ma tu, la prima volta, dove l'hai visto?

– La prima volta al bar di fronte all'ufficio: leggeva il giornale seduto a un tavolino in disparte. Poi qualche volta per strada, e sull'autobus. Deve essere salito alla Nunziata subito dopo di me. E mi si è piazzato di fronte.

– Perché lo hai notato?

– Sostanzialmente perché era strafigo. E vestito in maniera

ricercata, griffato dalla testa ai piedi. Insomma, da come non te l'aspetti per uno coi capelli rasta...

– E quand'è che è successo?

Mi ero tirata giù un altro mestolo di risotto. Lui aveva fatto lo stesso. Solo che i mestoli erano due. Abbondanti.

– Diciamo una decina di giorni fa, più o meno...

– E al bar, in piazza delle Erbe, invece?

– Qualche giorno dopo... Non ti so dire di preciso...

– Possibile che tu sia sempre così approssimativa?

– Guarda che ho altro da fare oltre che essere seguita da individui di malaffare! Edito libri, correggo bozze, ho due genitori non più giovanissimi da accudire un minimo, delle amiche...

– Cosa ti ha detto, di preciso?

Intanto aveva portato via i piatti. Io cominciavo a non poterne più: avevo sonno e me ne sarei andata volentieri a nanna. Nel mio letto.

– Ma niente di particolare! Mi ha fatto vedere il distintivo, che abbiamo verificato essere falso...

Avevo allungato la forchetta sul salmone. Lui se ne era prese tre fette, che aveva condito con olio e limone.

– Scusa, lo devi proprio condire? È già buono di suo...

– Fatti i fatti tuoi e continua. Ci vorrebbe il pane di segale e un po' di burro... Maledetta dieta!

– Allora: sorseggiando un primitivo di Manduria mi ha fatto notare che andando troppo a chiedere in giro rischiavo di compromettere un'indagine imbastita da un pezzo. Me ne sono stata. Comunque, di vino se ne intendeva.

– Adesso il primitivo va di moda... Ma che giorno era?

– Non me lo ricordo! Di sicuro dopo il mio secondo sopralluogo nel palazzo da dove si sarebbe buttato Amin. E probabilmente anche dopo che Marcheggiani si era finalmente deciso ad andare a denunciare il falso studente al commissariato di piazza Matteotti. Dunque poteva essere…

Aveva strabuzzato gli occhi. Poi si era scolato d'un fiato il mezzo bicchiere di vino che aveva davanti. E se ne era versato dell'altro. Io tagliavo con cura il salmone a piccoli pezzetti, per gustarlo più a lungo: era da un pezzo che non ne mangiavo di così buono.

– Sopralluogo? Mai sei scema?

– Vabbe', ho usato un termine improprio… Diciamo che sono andata a dare una guardata al luogo del delitto. Cioè, al posto dove si suppone abitasse Amin…

– Tu non ci sei mica tutta, di cervello…

– Guarda che è un palazzo come gli altri, con persone più o meno come le altre: mica tutti possono essere ricchi di famiglia e abitare ad Albaro o in Castelletto. Ho dato un'occhiata, tutto lì.

Ovviamente mi ero guardata bene dall'entrare nel dettaglio della mia missione.

– E a che ti è servito?

– Intanto non lo conosceva nessuno: ergo probabilmente lì non ci ha mai abitato.

– Ma sei andata a suonare i campanelli?

– A dire il vero non ce n'è stato bisogno…

Aveva scoperchiato il *plateau* dei formaggi: un tanfo micidiale! Non li ho mai sopportati, i formaggi: né loro, né il loro odore. Dei cinque o sei che stazionavano sul piatto riconoscevo solo il *bleu* e il *Pont-l'Évêque*, che Valerio si ostinava a portare a casa ogni volta che il suo lavoro lo conduceva in Francia. Probabilmente erano francesi anche gli altri.

– Ma santo dio, non potresti venire a dirmele le cose, prima di farle? O almeno dopo averle fatte…

– Non mi pare di aver fatto niente di così spaventoso: la gente ci vive nei vicoli, sai? E non è che ci sia un omicidio tutti i giorni…

Aveva assunto un'aria scoraggiata...

– E cosa c'entra il commissariato di piazza Matteotti?

– È una storia un pochetto complicata...

Mi ero presa un'altra fetta di salmone.

– 'Mazza se è buono!

– Irlandese. Un vecchio amico s'è trasferito là. Me ne ha mandati due per Natale. Confezione sottovuoto. Dai, su: Matteotti?

– Ma no, una cazzata: c'era un tizio, ad Architettura, che aveva preso una borsa di studio postlaurea, ma in realtà non era laureato.

– E allora?

– Allora, quando la cosa è venuta a galla, la segretaria amministrativa ha fatto di tutto per convincere il direttore del dipartimento, Petracci, ad andare a informare la polizia della faccenda. Ci ha messo un po', ma alla fine c'è riuscita. E ha spedito Petracci e un altro suo collega, Marcheggiani, a far denuncia.

– E che ragione c'era?

– Te l'ho detto che è un affare complicato: il sedicente dottore veniva dalla Guinea.

– Embe'?

– Lasciamo perdere. Fatto sta che è sparito.

– Mi pare ovvio... Avranno tirato in ballo l'Ufficio Immigrazione... Non capisco perché metti in relazione le due cose.

– Non so. Non saprei... Diciamo che è una sensazione. Ho come nell'idea che le due vicende siano in qualche modo collegate...

– Per me la fai più grossa di quello che è.

Avevo acceso una sigaretta. Intanto piatti e bicchieri erano stati archiviati nella lavastoviglie. Lui era tornato con una bottiglia di Laphroaig.

– Forse sì. Ma pensaci bene: quello, il martinicano, mi segue per un po'. Ma si manifesta solo dopo che Petracci e Marcheggiani sono andati alla polizia. Almeno mi pare... Il fatto è che non ne sono sicura al cento per cento. Non hai niente di più leggero? Con tutto quel che ci siamo bevuti, ho la testa un po' in barca.

– Da qualche parte deve esserci del passito… Ma è lì da un pezzo: la roba dolciastra non mi è mai piaciuta.

– Comunque, tanto per dire, non è che il whisky vada molto d'accordo col bottiglino che hai sul lavabo…

– Ma guarda che sei proprio un'impicciona! È un periodo che faccio fatica ad addormentarmi…

– Potresti informarti da quelli di Matteotti su che giorno era.

– Hai idea di quante grane si smazzi il Commissariato di piazza Matteotti? Non vorrai mica che si ricordino di un certificato di laurea falsificato!

– Io non ne sarei così sicura: due tronfi cattedratici tanto fessi da non essersi accorti che facevano tenere conferenze a uno che non era nemmeno laureato? Per me sono ancora là che ridono.

– Se proprio ci tieni, domani faccio una telefonata. Adesso però andiamo a dormire.

Ventisette

Ero imbarazzata. E per giunta a un'età in cui non lo si dovrebbe più essere. Mi aveva lasciata da sola nel salone, sparendo oltre la porta. Mi ero messa a giracchiare in quell'ambiente quasi asettico: ordinatissimo, senza ninnoli, senza soprammobili, senza neppure una fotografia incorniciata. Quasi fosse stato preso in blocco da una pubblicità: la casa-tipo dello scapolo-tipo, raffinato e facoltoso. Ma nemmeno: quelle i portaritratti ce li hanno, naturalmente con foto finte, in bella mostra su tavolinetti e consolle… Non so come, mi era venuto in mente *Blade Runner*. D'altro canto tutto denotava un gusto ricercato, e un certo amore per la quiete domestica, al riparo dal mondo là fuori. La libreria, poi… c'era da perdercisi: romanzi di autori sudamericani, il gruppo dell'OuLiPo, l'opera completa di Foucault… Strano individuo, Prini.

Era tornato con in mano un cuscino, due lenzuoli e una coperta. Io non sapevo trovare niente di intelligente da dire.

– Il bagno, dov'è già lo sai. Ti ho messo degli asciugamani puliti… Ho tirato fuori una mia maglietta mezze-maniche, da usare come camicia da notte. Te l'ho posata sul letto.

Avevo evitato di dirgli che la camicia da notte non la usavo.

– Ho messo la sveglia alle sette e mezza: devo essere in Questura per le nove. In due ci si impiega un po' più di tempo…

Si era avvicinato e mi aveva stampato un bacio sulla guancia. Vicinissimo alle labbra.

– Notte!

– Notte…

Come imbambolata mi ero diretta in camera: anche lì le luci erano soffuse, ancor più smorzate dalla tinta grigio-scura delle pareti. Letto, comò e comodini erano laccati in nero. Una grande porta scorrevole faceva supporre una cabina-armadio. Mi era presa una gran voglia di curiosare, ma non l'avevo fatto. Solo avevo sbirciato dentro i cassetti dei comodini, per vedere se ci teneva una pistola. Come nei film. Una capatina in bagno ed ero già sotto un piumone caldo e avvolgente. Il cuscino restituiva a tratti il ricordo una colonia francese di tipo classico, forse di Hermès. Ero piombata immediatamente in un sonno profondo, estenuata per quella giornata che sembrava non avesse dovuto finire mai.

La mattina, quando mi ero svegliata, ero convinta di essere dai miei. Solo che la finestra non era dove doveva essere, e al posto della porta c'era uno specchio. Non ero neppure a casa mia: io non ce l'avevo un comò così lungo. E così basso. Ci avevo messo un po', in quell'oscurità appena violata dal chiarore che trapelava dietro i tendoni spessi, a capire dove mi trovassi, e a ricordare i casi che mi avevano portata lì. Mi ero alzata e avevo messo su la maglietta lasciatami in dotazione. Scalza, mi ero diretta in bagno. Avevo frugato nei vari armadietti alla ricerca di un phon, ma senza risultato. Tipico delle case abitate da uomini soli. Così ero tornata in camera a prendere dalla borsa la pinza per capelli, rinunciando a malincuore allo shampoo. Mi ero fatta una doccia rapida, con un ottimo bagnoschiuma al sandalo, avevo indossato l'accappatoio in spugna rossa che mi aveva lasciato ben ripiegato sul calorifero e me ne ero tornata in camera a truccarmi.

Rassettata alla benemeglio la stanza, dopo aver spalancato la finestra su una giornata radiosa, avevo fatto timidamente il mio ingresso nel salone, pervaso da un intenso profumo di caffè. Prini stava sistemando le tazze su due tovagliette all'americana, su una terza c'era il cestino del pane con dentro dei toast caldi, e dei barattoli di miele e marmellata.

– Ben svegliata! Dormito bene?

– Una meraviglia! E tu?

– Ho dormito fin bene anch'io, una volta tanto…

Aveva vuotato il caffè nelle tazze, e portato in tavola il bricco del latte.

– Mentre facevo la doccia, pensavo a chi possa mai essere Éluard…

– Ora come ora non è facile dirlo, a meno di non avere sottomano una palla di cristallo. E di crederci, a 'ste fesserie. Sono ancora indeciso: se provare a informarmi in via confidenziale, sfruttando le mie varie conoscenze su a Milano, oppure segnalare il caso in Commissariato, che ce ne sarebbero anche le ragioni. Solo che in questo caso sarebbe un casino: verrebbe fuori che sei andata a curiosare dove non dovevi, magari ti becchi pure una denuncia. Scusa, ma come hai fatto a entrare in casa di Amin?

– Non era la casa di Amin! Semplice: la porta era aperta.

– E non c'erano i sigilli?

– Sigilli? C'erano delle strisce di nastro adesivo. È bastato staccarle…

– Tu non ti rendi conto delle cazzate che fai!

– A volte un po' sì… Dicevo, Éluard… È ovvio che l'ha mandato qualcuno. Ma chi? Sicuramente quello che ha ammazzato Amin. Anzi quelli, perché per me dietro non c'è una persona sola. Forse un'organizzazione. Magari l'ha ammazzato lui. Èluard.

– Può darsi. Perché dici un'organizzazione?

– Perché credo che Amin stesse indagando su un traffico di sangue infetto.

– Com'è che ti è venuta in mente una roba simile?

– Perché Nabil di quello si stava occupando.

– E chi sarebbe Nabil?

– Un amico di Amin.

– Non sto nemmeno a chiederti come le sei venute a sapere, queste cose, perché se no va a finire che ti arresto. E sarebbe perfino una buona idea: almeno, in gattabuia, saresti al sicuro. In primo luogo da te stessa.

– Mai sentito parlare di Pisciotta?

– Lavoravano insieme? Nabil e Amin, dico.

– No, Nabil è rimasto in Nigeria. In un grosso Centro di Epidemiologia.

– E allora che c'entra? Non è che se se ne occupava uno allora dovesse per forza occuparsene anche l'altro, ti pare?

– Intanto anche Nabil è sparito.

– Hanno denunciato la scomparsa?

– No, è andato nel Borno per una campagna di vaccinazioni.

– Allora non è sparito!

– Guarda caso c'è andato all'insaputa della sua coordinatrice proprio quando hanno ammazzato Amin.

– Ma lui lo sapeva, che Amin era morto?

– Non lo so. Forse no…

– E allora? Vedi che son solo castelli in aria, i tuoi.

– L'ha detto anche Éluard…

– Che fantastichi troppo? E a vanvera?

– No, che c'entra il sangue infetto.

– Ti ha detto che hanno ammazzato Amin perché aveva scoperto qualcosa in merito a un traffico di sangue infetto?

– Non precisamente.

– Ovvero?

– Sono stata io a dirglielo.

– Tu?

– Sì. E lui mi ha lasciato intendere che avevo ragione.

– Come, ti ha lasciato intendere?

– Ma sì! Ha fatto come fate voi di solito: «L'ha detto lei, non l'ho detto io...». Per via del segreto istruttorio...

– Ma non siamo mica in un film di spionaggio! L'interpol non è mica la CIA! Ti assicuro che la mia amica di Milano è una signora dabbene con due bambine, che si fa un mazzo tanto dalla mattina alla sera e che se deve dire qualcosa a qualcuno lo convoca nel suo ufficio, non lo abborda certo al bar. Ma come hai fatto a cascarci!

– Non lo so! Va detto che se voi aveste fatto bene il vostro lavoro, come pare lo faccia la tua collega di Milano, certo non mi sarebbe venuto in mente di indagare per conto mio, ti pare?

– Mi pare...

– Ci avete messo un mese a capire che non era né tossico né ubriaco, ti rendi conto? E solo perché era nero! Ah, per inciso, diglielo all'Antonia che i musulmani non consumano alcolici!

– A parte che non è sempre così, pensaci su un attimo, a mente fresca: se sotto ci fosse davvero quello che dici tu, l'ultima cosa che avrebbe dovuto fare Éluard sarebbe stato proprio lasciarti credere di aver ragione, non ti pare? Non pensi che almeno avrebbe cercato di attuare un minimo di depistaggio? Non ha fatto che ripropinarti quello che gli avevi detto tu! Gli hai fornito una falsa soluzione su un piatto d'argento. E non ha dovuto nemmeno far fatica a convincerti perché convinta lo eri già.

– In effetti...

– E dammela ragione, una volta tanto!

– No, volevo dire che in effetti la Wurth non si occupa di plasma... In prevalenza fa vaccini.

– La Wurth? E tu come fai a saperlo?

– Mi sono informata...

– Ma porca di quella miseriaccia zozza! Sei proprio un pericolo pubblico, tu!

– È quel che pensa anche mia madre…

– Se vuoi continuare a fare il Nero Wolfe in gonnella, impara: la prima cosa da fare, in un'indagine, è sgomberare il campo dalle false piste. In questa maniera ci si libera la testa dalle interferenze, dai rumori di fondo, e gli ingranaggi della logica girano ben oliati e senza intoppi. Sta venendo tardi.

Avevo buttato giù l'ultimo sorso di caffè.

– Ce n'è mica ancora?

– Vado a vedere, mi sa di sì.

Per fortuna ne era avanzata una mezza tazza, che avevamo equamente diviso.

– Allora, senti che facciamo: cerco di chiedere un po' in giro. Tra l'altro c'è un mucchio di gente che mi deve dei favori… Puoi startene qui tranquilla, oggi? Visto come si è messa la faccenda, sarebbe meglio.

– Non se ne parla nemmeno! Già ieri il capo mi ha dato mezza giornata libera, per andare a sistemare la questione della batteria di mio padre: se non vado neanche oggi, con tutto quel che c'è da fare, stai sicuro che manda l'esercito a cercarmi.

– Ma non puoi darti malata?

– E bravo! Poi magari mia madre chiama in ufficio, quello glielo va a dire, lei telefona a casa, non mi trova, e scoppia la Terza guerra mondiale! Altro che esercito! Tu non hai lontanamente idea di quello che sia mia madre, specie se si sente presa per i fondelli.

– Avere a che fare con te è esasperante! Piano B: ti porto giù in macchina…

– Perché in macchina? Non possiamo andare a piedi, che con l'ascensore ci vuole un attimo?

– A parte che ormai sono in ritardo, e così faccio più in fretta, almeno non ci vedono assieme.

– Paura che i vicini critichino?

– Che stupidina! Se mai paura che il tuo caro Éluard ti veda mentre vai in giro con un vicequestore. E che di conseguenza capisca che a toglierti dai piedi con le buone non c'è riuscito. E che magari gli venga in mente di farlo con le cattive... Ragion per cui ti porto in ufficio in macchina, e lì mi aspetti finché non ti passo a prendere nel pomeriggio. Va bene?

– Devo rispondere per forza sì?

– Sì.

– Allora sì.

Sempre detestate le domande retoriche, io.

Epilogo

La porta di ferro si era aperta, cigolando appena appena, e ne era uscita la sagoma scura di Prini. Il sole, ormai basso sull'orizzonte, proiettava la sua ombra, lunghissima, ben oltre il cornicione, nel vuoto. Si era portato una mano sulle sopracciglia per proteggere gli occhi dai raggi obliqui ma ancora forti che incendiavano il terrazzo di una luce aranciata. Doveva pure averli strizzati, gli occhi, anche se dalla mia distanza era difficile dirlo con certezza. Alla fine mi aveva visto, seduta sul cordolo di cemento vicino alle cisterne dell'acqua.

– Ma porca di quella Eva! Non te l'avevo detto e ridetto di aspettarmi in ufficio? Almeno potevi telefonarmi, no? E ha pure spento il cellulare, la signorina Holmes! Per mezz'ora ci ho provato, a chiamarti! Alla fine ti cerco all'Althea e il tuo capo, serafico, non viene a dirmi che avevi preso mezza giornata di permesso perché non ti sentivi bene?

Ansimava ancora per aver fatto le scale di corsa. Era furibondo.

– L'idea di darmi malata, a dire il vero, me l'hai data tu…

– Ma lo sai che, povero cretino che non sono altro, mi è pure passato per la testa di mandare una volante a cercarti? Che ti immaginavo già morta in un cassonetto della spazzatura? Ah sì! Bella figura che ci avrei fatto con la squadra! Da vero deficiente!

– Però poi ti ho telefonato…

– Sì, poi. Poi! Ma dove cazzo eri, nel frattempo?

– Ti sei messo a dir le parolacce? In genere non te ne scappa una…

– Ma perché sei tu che me le tiri fuori di bocca! Faresti perdere la pazienza a un santo, faresti! Me lo vuoi dire dov'è che ti sei cacciata oggi pomeriggio?

– Lo hanno buttato da qui, sai?

Si era avvicinato al basso parapetto e aveva guardato di sotto. Doveva avergli fatto lo stesso effetto che aveva fatto a me, perché se ne era ritratto immediatamente, facendo qualche passo indietro. Poi mi si era venuto a sedere a fianco, la testa bassa, curvo, con gli avambracci penzoloni appoggiati sulle ginocchia aperte. Si era voltato a guardarmi tenendo il capo chino:

– Dov'è che sei andata? Eri venuta qui?

– No, qui ci sono venuta dopo. Mi sembrava che fosse il posto adatto per vederti senza dare troppo nell'occhio. Ero da Kadigia, a casa sua.

– Davvero geniale! Nessuno avrebbe mai immaginato di trovarvi là…

– In effetti l'avevo pensato anch'io che quello non era il posto più adatto. Solo non volevo spaventarla. Almeno non più di quanto già lo sia.

– Ma non potevi dirmelo?

– A dirti il vero avevo pensato anche a quello. Ma poi mi sembrava tanto una cazzata… Insomma, sta a cinque minuti cinque dal mio ufficio…

– Ma il cellulare l'hai spento, però…

– Guarda che si è spento da solo. Ieri mica ce l'avevo dietro, il caricabatteria! Non me l'ero portato, visto che mai e poi mai avrei immaginato di dormire fuori di casa… E questi mezzi computer che sono diventati i telefonini consumano un sacco. Per fortuna Kadigia ha un iPhone pure lei, così son riuscita a ricaricarlo là. Ad ogni modo non credevo…

– Non credevi cosa?

– Insomma, quando mi ha chiamato, proprio un attimo prima che mi morisse il telefono, si era limitata a dirmi di avere qualche novità. Niente di più. E poi sembrava abbastanza tranquilla. Lei stessa non aveva minimamente idea che le sue "novità" fossero in realtà più importanti di quel che sembravano così, su due piedi.

– E quali sarebbero, 'ste novità?

– È una storia un po' lunga...

– A questo punto abbiamo tempo, che dici?

– Bene, devi sapere che Amin ha un amico di infanzia, Nabil...

– Me l'hai detto: quello del sangue infetto...

– Bravo! Quello del sangue infetto. I due studiano assieme, prima al liceo, poi all'università, e alla scuola di specializzazione. Alla fine uno, Amin, continua la strada della ricerca, all'inizio a Parigi e dopo a Città del Capo. L'altro, Nabil, se ne torna in Nigeria, a lavorare al Centro di Epidemiologia. Ma è ovvio che fra loro i contatti rimangono stretti, nonostante la distanza.

– E allora?

– Guarda caso che, come ti dicevo stamattina, Nabil "scompare" più o meno in coincidenza con la morte di Amin. Oddio, non è che proprio scompaia... però abbandona il lavoro che sta facendo senza informare praticamente nessuno e si aggrega a un gruppo di colleghi in partenza per il Borno, uno stato del nord-est dove è in atto una capillare campagna di vaccinazione.

– Il motivo? Si sa il motivo di questa partenza improvvisa?

– "Ufficialmente" è perché ce n'era bisogno. O per fornire un aiuto in più, che è la stessa cosa. Ma quello che secondo noi poteva essere un dato fondamentale era sapere se in Borno ci fosse andato prima della morte di Amin o dopo averne avuto notizia. Nel secondo dei casi era facile che l'avesse fatto per rendersi difficilmente reperibile, ed evitare di fare la stessa fine dell'amico: il Borno confina col Chad, e "sparire" in Chad è la cosa più facile di questo mondo. Poi, magari, "ricompari" dopo qualche tempo in Sudan, o in Libia. Fra l'altro da quelle parti di medici ce n'è sempre bisogno...

– Perché tu dai per scontato che Amin e Nabil, diciamo, condividessero qualche segreto. Portassero avanti di concerto una qualche ricerca, o indagine che dir si voglia.

– Davo per scontato, prima. Ora so che è così. La "novità" di cui mi ha fatto cenno al telefono Kadigia consisteva proprio in una telefonata di Nabil.

– Quindi ora sappiamo tutto.

– Non precisamente... Sappiamo qualcosa in più, ecco. Sappiamo che Nabil è partito per il Borno prima della morte di Amin.

– Dunque non c'è andato per evitare di essere rintracciato, per rendersi irreperibile...

– No. E sappiamo anche che c'è andato proprio per seguire la campagna di vaccinazioni.

– Tutto normale, allora. Sotto non c'è nessuno di quegli intrighi arzigogolati su cui ti piace tanto almanaccare.

– Tanto normale non direi. Senti: la ragione per cui Nabil è partito di punto in bianco, senza dare troppa pubblicità alla cosa, è la stessa per cui è morto Amin. Perché Amin, che nella vita faceva l'endocrinologo, stava studiando gli effetti che poteva avere l'interferone come coadiuvante dei vaccini contro l'epatite B.

– Che immagino siano quelli che Nabil e compagni sono andati a fare nel Borno...

– Esattamente. Ma non solo nel Borno: da un sacco di altre parti in giro per l'Africa. Col sostegno di una quantità di organizzazioni internazionali. Bene. E cosa ti va a scoprire Amin?

Aveva l'aria stanca. Stanca e preoccupata. Gli avevo posato una mano su un ginocchio.

– Dimmelo tu...

– Scopre che, a prescindere dall'interferone, molti di questi vaccini hanno effetti collaterali gravi. Talvolta gravissimi. Perfino letali. E scopre anche che ciò avviene perché è roba di scarto.

– Come «di scarto»?

– Di scarto nel senso che si tratta perlopiù di partite ritirate dal commercio in Europa dopo che si erano verificati casi di incompatibilità con patologie più o meno gravi. Ovviamente perché prima non si erano fatti i controlli del caso. Oppure erano stati fatti in maniera frettolosa e approssimativa. Tirando al risparmio, insomma. Ne succedono tutti i giorni di casi simili, sai? Anche da noi: alla mia vicina che lavora in un'ASL quest'anno è già capitato due volte. Pensa alla quantità di medicinali che devono essere ritirati dalle aziende produttrici, e per giunta smaltiti! Da un lato il mancato guadagno, dall'altro una spesa colossale. Ragion per cui, per limitare i danni, è facile che qualche ditta poco seria li venda in stock al mercato clandestino che talvolta li smercia nei paesi del Terzo mondo in semplici sacchetti di plastica, tal'altra si prende pure la briga di fornir loro una nuova confezione.

– Di qualcosa del genere, in effetti, avevo già sentito parlare...

– Amin lo dice a Nabil che molla tutto e parte per il Borno, per tenere d'occhio la situazione. E nel caso intervenire.

– E Amin?

– Mettiamola così: fin qui siamo nel certo, nell'assodato, visto che di Nabil penso ci si possa fidare al cento per cento. Per il resto, mi spiace ma dovrai accontentarti delle mie elucubrazioni.

– Mi sa tanto che non ho altra scelta...

– Per me è andata così: Nabil si mette in testa di ripercorrere a ritroso la strada che hanno fatto i vaccini taroccati per arrivare in Africa. E finisce a Genova.

– Perché a Genova?

– Ora ci arrivo, anche se si tratta di pure illazioni, per me sotto il profilo logico tengono. Quanto al come sia arrivato qui, credo di saperlo. O quanto meno di presumerlo: facile che sia venuto un tre mesi fa, approfittando del primo dei "convogli aerei" organizzati da quel Buthu di cui ti ho parlato: perché con la scusa di metter su degli spettacoli teatrali, quello in realtà faceva entrare clandestini in Italia. E con tanto di visto della nostra ambasciata a Conakry: per motivi di studio, o artistici, non ho capito bene. Non a caso Éluard è comparso proprio dopo che quei due dementi sono andati a denunciare l'inghippo: evidentemente temevano che le due cose venissero messe in relazione, cioè la presenza clandestina di Amin a Genova e quest'inedito flusso di migranti, circostanza che con ogni probabilità vi avrebbe indotto a riaprire il caso, ormai già hai voglia che archiviato.

– Allora ti sei ricordata quando l'hai visto per la prima volta, il bell'Éluard!

– L'ho ricostruito oggi in ufficio, aiutandomi col planner su cui registro le cose da fare. Del resto tu te lo vedi uno come Amin stivato in un barcone tunisino mezzo sfondato? E poi una certa disponibilità economica l'aveva…

– E perché sarebbe venuto a Genova?

– Sulle tracce dello Schiappacasse, naturalmente.

– Ma tu ce l'hai proprio con lo Schiappacasse! È un chiodo fisso, il tuo!

– Scusa, se c'è morto in casa… O così han voluto dare a vedere. Ci scommetterei la testa che il caro Schiappacasse, probabilmente all'insaputa della moglie e degli altri azionisti, con la scusa di "smaltirli" dirotta i farmaci ritirati in quanto potenzialmente dannosi, o semplicemente scaduti, nel magazzino che suo padre aveva a supporto della propria attività di spedizioniere, e che lui, a suo dire, avrebbe conservato per pure ragioni affettive. Poi di lì se ne ripartono per qualche zona franca dove vengono sottoposti a un'operazione di restyling che li trasforma nel fulcro di una fiorente attività commerciale illecita. Tra l'altro, piccolo particolare, la Wurth è specializzata proprio in vaccini.

Mi ero accesa una sigaretta. Il sole stava lentamente tramontando dietro il promontorio di Arenzano accendendo il cielo di un color di fiamma laggiù, a ponente. Il mare aveva assunto tonalità violacee, e la prima stella della notte già brillava nell'aria tersa: era proprio una serata stupenda.

– Son convinta che Amin abbia scoperto qualcosa del genere, o sia arrivato lì lì. A questo punto gli scagnozzi dello Schiappacasse, probabilmente capitanati da Éluard, sono corsi ai ripari e con qualche scusa lo hanno attirato in questo edificio: chessò, magari gli hanno fatto credere che anche loro seguivano la stessa pista, oppure lo hanno contattato con la scusa di volergli passare o vendere delle informazioni, o hanno operato in modo che li andasse a cercare lui, abbindolandolo in non so quale maniera. Fatto sta che gli hanno dato appuntamento qui sul tetto, lontano da sguardi e orecchi indiscreti, e lo hanno buttato di sotto. Probabilmente prima gli hanno preso il telefonino, per verificare i suoi contatti. Poi sono scesi giù nell'appartamento, hanno inscenato quel bel teatrino, con tanto di effetti personali falsi e sedia vicino alla finestra, hanno piazzato la droga, in modo da depistare le indagini, magari stopparle del tutto – e ci siamo andati vicino… –, hanno mollato un mazzo di chiavi nell'ingresso e chiuso la porta con un altro. Poi via! Più veloci della luce.

– Premeditato, dunque…

– Premeditatissimo! E ben organizzato. D'altronde anche l'appartamento in faccia è dello Schiappacasse. E non fatico a credere che i due alloggi abbiano un qualche ruolo nei suoi loschi traffici, che certamente necessitano di un punto di riferimento sicuro: e quelli sicuri lo sono proprio perché si trovano in un palazzo così sfigato, dove va avanti e indietro un mucchio di gente, e gli inquilini cambiano di continuo, essendo tutti, o quasi, clandestini. E secondo me c'entra pure Mantero, il tenutario delle chiavi: mi sa tanto che sia lui a gestire il tutto.

– Ed Éluard te l'avrebbero messo alle calcagna per capire cosa e quanto avessi saputo. E questo si sarebbe inventato la balla dell'Interpol per toglierti di torno senza far troppo chiasso, prima che venissi a essere d'intralcio.

– Facile che sia un ex mercenario... Magari uno che viene dalla Legione straniera...

– Va detto che il ragionamento non fa una piega. Però mancano le prove...

– Quelle sta a voi trovarle. Io faccio la correttrice di bozze, come ben sai.

Si era fatto buio: solo in fondo, sul mare, il tramonto restituiva ancora qualche bagliore. La porta che dava sulle scale, lasciata aperta, disegnava sul pavimento del terrazzo un rettangolo sghembo di luce.

– E Kadigia?

– Kadigia in questo momento è su un treno per San Remo: ufficialmente va da Silvia a studiare, dal momento che, sempre ufficialmente, in casa si è rotto l'impianto di riscaldamento e fa un freddo cane. È bastato tagliare due fili del quadro elettrico... Chiaramente dopo aver staccato il contatore generale. Ha prenotato un volo mercoledì da Milano. Se ne torna per un po' a casa. Finché non si risolve la cosa.

– E tu stasera dormi di nuovo da me: non preoccuparti, ti ho comprato uno spazzolino da denti. E anche un paio di mutandine. Per andare sul sicuro le ho prese nere...

Glossario

A menestrinna cu e öve, a fa ciù fitu xi a coxe ma a l'è in mangia du belin: la minestrina con le uova (o "zuppa pavese"), che si prepara in fretta ma è un piatto poco appetitoso.

al friggere: venendo al sodo.

anguscia: nausea, nella locuzione *fare anguscia* equivale a "fare schifo".

arbanella: barattolo in vetro per conserve.

becco: per estensione, faccia, muso. In partic.: "faccia tosta".

belino: membro maschile.

belino inverso, belino girato (avere il): essere di cattivo umore.

berodo: letteralmente sanguinaccio, nella parlata genovese equivale a stupidotto, tonto, babbeo.

besagnino: venditore di frutta e verdura. Il termine deriva da Bisagno, il torrente di Genova lungo la cui valle, in passato, vi erano gli orti che rifornivano la città di frutta e verdura.

besugo: pagello, nella parlata genovese equivale a idiota.

bratta: fango.

bricchi: monti.

bugna: problema spinoso.

cagnaro: giaccone imbottito, in genere impermeabilizzato.

cappon magro: piatto tradizionale ligure a base di pesce e verdure.

ceto: pettegolezzo.

chiamo: chiamata, spesso riferito a una telefonata veloce.

ciapettare: parlare fitto fitto, chiacchierare.
cicinino: pochino.
crosa: viottolo, stradina.
culo di gallina, cü de galinna (bocca a): con le labbra arricciate in segno di superiorità schizzinosa o di disprezzo.
derscidiare: pulire. Riferito alla digestione, agevolarla.
fiammenghilla: piatto da portata.
fino: perfino.
friscieu: frittelle.
giaminare: faticare.
gioia: somma che viene pagata per rilevare la licenza di un negozio.
guei: "guari", molto
imbelinare: buttare.
imbelinarsi: cadere.
innandiare: avviare.
legera: persona di malaffare.
mettere a perdere: sollecitare con insistenza.
muccio: crocchia di capelli.
paciugo: pasticcio, spesso riferito alla fanghiglia.
panissette: frittelline di farina di ceci.
patta: scapaccione.
peppia: dicesi di persona asfissiante, noiosa e rompiscatole.
picco: palo. Nell'espressione "magro come un picco": magrissimo.
pru: "pro". Nell'espressione *fare pru*, far piacere.
pucciare: intingere.
puin: padrino di battesimo.
ravanare: rovistare.
rimbelinire: diventare *abelinato*, rincitrullire.
rimenestrare: tornare a riproporre.
rumenta: spazzatura.
sacrinare: faticare, soffrire.

scagno: ufficio di un commerciante.
scito: appartamento.
sciugare: asciugare, detto soprattutto dei panni stesi. Da cui *sciughea*: tempo secco che favorisce l'asciugatura del bucato.
sciura: signora snob, con accezione negativa.
scubbio: schivo e scontroso.
tapullo: lavoretto di manutenzione, riparazione provvisoria.
zina: bordo, margine.

MISTO
Carta da fonti gestite
in maniera responsabile
FSC® C023532

Stampato presso Giunti Industrie Grafiche S.p.A.
Stabilimento di Prato